Ute Mayer/Angelika Rühle (Hrsg.)

Absolut nur für Mädchen

SCM Hänssler

SCM

Stiftung Christliche Medien

2. Auflage 2012 (4. Gesamtauflage)
Dieser Titel erschien zuvor unter der ISBN 978-3-7751-3848-2.

Umschlaggestaltung: Kathrin Retter
Titelbild: shutterstock.com
Satz: typoscript GmbH, Walddorfhäslach
Druck und Bindung: CPI – Ebner & Spiegel, Ulm
Gedruckt in Deutschland
ISBN 978-3-7751-5312-6
Bestell-Nr. 395.312

Hallo Mädels

Ein Buch – absolut nur für euch!
Kommt ihr euch manchmal vor, wie eine Schmetterlingsraupe, die in einem viel zu engen (oder zu weiten), unbequemen Kokon steckt?
So geht es vielen Mädchen in eurem Alter!
Fragen über Fragen … die sich in dieser herausfordernden Zeit stellen.

Wer bin ich eigentlich? Wie/wer möchte ich später sein? Wie sehen mich die anderen? Und wie sieht mich Gott? Brauche ich einen Freund? Muss ich immer angepasst sein? Wer bestimmt, was wirklich wichtig ist?

Warum wir dieses Buch herausgeben?
Na ja, wir waren beide auch mal in eurem Alter (ist allerdings ein paar Jährchen her … ☺) und wir erinnern uns noch gut, dass diese Zeit auf dem Weg zum Erwachsenwerden und Frausein nicht immer leicht war.
Nun sind unsere Töchter inzwischen auf diesem spannenden Weg, ihre Flügel zu entdecken und sie gebrauchen zu lernen.

Was wir euch und ihnen wünschen?
Jede von euch ist ein wunderbares Original. Von Gott geschaffen und geliebt. Wir wünschen euch Zeit zur Entfaltung. Wir wünschen euch Zeit, dass ihr das und vieles mehr entdecken könnt.
Lasst euch zu nichts drängen! Spürt dem nach, was ihr wirklich möchtet. Nehmt euch die Zeit, die ihr braucht, um einen Gedanken zu Ende zu denken.

So unterschiedlich wie die Themen dieses Buches sind auch die Autorinnen und Autoren dieses Buches – ab S. 128 verraten sie euch ein wenig über sich selbst.
Wenn ihr Fragen habt, dann dürft ihr euch auch bei uns melden: ute_mayer@t-online.de oder angelikaruehle@online.de.

Wir hoffen, dass ihr immer wieder gerne in diesem Buch blättert und schmökert.
Viele Freude und gute Entdeckungen auf eurem Weg ins Leben wünschen

Ute & Angelika

Inhalt

Ich bin ich

Ich will alles – wirklich?

Ich wollte Fun pur. Ich wollte auf allen Partys gleichzeitig tanzen, ohne auch nur ein Highlight auszulassen. Ich lachte gerne und laut. Ich machte sogar verschiedene Lacharten durch – von quietschend über glucksend, über nach Luft japsend und grölend wie ein Blecheimer bis zu endlosem giggelndem Kichern. Es gab auch ein leises, unterdrücktes Lachen, z. B. im Unterricht, bis frau sich die Tränen aus den Augen wischte. Unter uns Freundinnen übernahmen wir teilweise das Lachen einer anderen. Lachmuskelkater war der schönste Schmerz.

Ein Typ wollte mein Lachen aufnehmen für triste Tage. Andere wollten gerne mit mir Filme angucken, weil es dann noch lustiger wäre. Wieder anderen war es peinlich, wenn ich mich im Kino neben ihnen wegen akuten Lachkrämpfen nicht mehr einkriegen konnte. Ich wollte Spaßprogramm nonstop. Mein Wahlspruch lautete: „Witzigkeit kennt keine Grenzen."

Mit 15 Jahren ging ich für acht Monate in die USA zur Highschool und verinnerlichte die Fun-Mentalität noch mehr. Dieses „If it feels good, it is good"-Land, wo alles auf Spaß hin ausgelegt ist, bestätigte mich in meinen Lebensvorstellungen und prägte mich nachhaltig. Ich hörte zwar auch von „no risk no gain" (ohne Risiko kein Gewinn) oder „no pain no gain" (ohne Schmerz kein Fortschritt), aber für mich galt: „no fun no fun" (ohne Spaß kein Spaß).

Ich wollte:

- Süßigkeiten essen – ohne ein Gramm zuzunehmen.
- Drogen probieren – ohne abhängig zu werden.
- Partys geben – ohne danach aufräumen zu müssen.
- Lieben – ohne Kummer.
- Gute Noten – ohne zu lernen.
- Lange Haare – ohne sie ewig wachsen lassen zu müssen.

Ich wollte nur das Paradies im Hier und Jetzt. Als Christin hatte ich die Erwartung, dass der Himmel schon jetzt hier mitten unter uns beginnen müsste.

Ich lebte in Extremen. Ich war entweder himmelhochjauchzend, denn ein einziges Kompliment brachte mich schon auf Wolke sieben und ließ mich high sein. Oder aber ich war abgrundtief traurig aufgrund von Nichtbeachtung oder einer abfälligen Bemerkung, die mich emotional ins schwarze Loch stürzten. Entsprechend konnte ich schweben oder am Boden kleben ...

Wenn es nichts zu lachen gab, träumte ich vor mich hin. Und so fantasierte ich z. B., wie alle um mich herumstünden – betroffen an meinem Grab – und der Typ, in den ich gerade verknallt war, eingestand: „Ich habe sie immer geliebt."

Mit einer gewissen Genugtuung durchlebte ich diese und andere Szenen. Hier erhielt ich die Wertschätzung, die mir gebührte.

Ich war nicht selbstmordgefährdet, nur hungrig nach Anerkennung und bedingungsloser Liebe und ewiger Bestätigung. Ich führte in Gedanken tiefe Gespräche, ging Beziehungen ein oder bastelte an den Vorstellungen, die mein Traummann erfüllen müsste, um mein Herz zu erobern.

Heiraten im Prinzessinnenstil war mein Wunschtraum. Ich behaupte, dass jedes Mädchen zumindest einmal in ihrem Leben das Hochzeitsszenario von wie, wen, wann, wo und was für ein Kleid gedanklich durchspinnt. Und so schwelgte auch ich in kühnsten Fantasien, wie, aber vor allem, wem ich mein Jawort und meine ewige Liebe schenken würde... Allerdings wurde mir schmerzlich bewusst, dass dieses „Ja" zu einem Mann ein „Nein" zu allen anderen Männern bedeutete.

Warum, fragte ich mich, gibt es bei so etwas Wunderschönem noch solch eine freiheitsraubende Einschränkung wie ein bitterer Beigeschmack bei einem guten Cocktail...? Selbstverständlich wollte ich die unwiderrufliche Treue seitens meines Prinzen, dass aber auch ich mich so festlegen sollte, behagte mir nicht sonderlich.

Eines Tages wurde ich abrupt aus meinen Fantasien gerissen.

Mein Bruder wurde schwer krank und musste eine lebensgefährliche Operation durchmachen. Ich vergaß meine eigenen Träume und hatte nur noch den einen einzigen Wunsch: Gott, ich will nur, dass er seine großen dunkelbraunen Augen wieder aufschlägt. Das ist alles, was ich will, sonst nichts.

Mein ganzes Dasein verdichtete sich auf diese inständige Bitte. Alles andere im Leben verblasste daneben. Nichts schien wesentlicher oder wichtiger.

Auf einmal geriet meine eigene Welt bedrohlich aus den Fugen. Welche Farbe ich als Nächstes meinen Haaren verpassen würde, wie viel Kilo ich gerade wog, wie gut meine Noten waren, wo die nächste Party abgehen würde – alles wurde zur Banalität.

Ich kann ehrlich sagen, dass ich für das Leben meines Bruders alles verschenkt hätte, was ich besaß.

In einer solchen Situation wirst du dir deiner menschlichen Grenzen schmerzlich bewusst. Im Angesicht des Todes kommst du an einen Punkt, wo du machtlos bist und nichts mehr in der Hand hast. Da kannst du dich nur noch an Gott klammern und flehen und bist froh, wenn andere mitbeten.

„Er ist dem Teufel von der Schippe gesprungen", sagte der Arzt auf der Intensivstation zu meinen Eltern.

Andrea Trilby

Wer die Wahl hat …

Neulich hatte ich einen Traum: Ein Märchenwesen kam zu mir und sagte: „Du hast einen Wunsch frei. Was immer du willst, werde ich für dich tun."

Ich weiß noch, dass ich sehr empört war in meinem Traum. Bei so was erwartet man ja eine niedliche Fee – an meinem Bett hockte aber ein alter, hässlicher Flaschengeist. Der war zudem mit seinem Angebot noch überaus geizig. Gehört sich das nicht so, dass Dschinns und Feen einem *drei* Wünsche freistellen? Ich bekam einen heftigen Schweißausbruch. *Was,* um alles in der Welt, sollte ich mir bloß wünschen? Dass die Kriege aufhören? Dass jeder Mensch auf dieser Erde genug zu essen hat? Oder doch lieber, dass ich Deutschlands nächster Superstar werde?

Mal angenommen, alte, hässliche Flaschengeister gäbe es nicht bloß im Märchen. Und so einer käme mit seinem Angebot zu dir …

Was würdest du dir wünschen?

Du weißt vielleicht, dass es in der Bibel eine ganz ähnliche Geschichte gibt. Überraschenderweise spielt da Gott selbst die gute Fee. Lies mal 1. Könige, Kapitel 3,4-15. Diese Geschichte passt nicht in unser Gottesbild. Das gehört zu dem, was an Gott so großartig ist: Er handelt souverän und individuell und lässt sich von uns nicht vorschreiben, was er darf und was nicht.

Gott erscheint also dem jungen König Salomo in der Nacht und sagt: „Wünsche dir, was du willst; ich will es dir geben." Das ist ein Hammer, oder? Gott breitet seine ganze Fülle von Möglichkeiten vor einem Menschen aus und traut ihm zu, eine gute Entscheidung zu treffen. Gott tut das, obwohl er weiß, dass wir dazu neigen, egoistisch zu sein. Nachdem Salomo seine Wahl getroffen hatte, sagte Gott: „Du hättest dir langes Leben oder Reichtum oder den Tod deiner Feinde wünschen können. Stattdessen hast du mich um Einsicht gebeten, damit du gerecht regieren kannst. Darum werde ich deine Bitte erfüllen." Und wir lesen, dass Gott sich über Salomo freute.

Heute passiert es ja nun eher selten, dass Gott uns so direkt verspricht, uns einen Wunsch zu erfüllen. Aber immer noch breitet er vor seinen Menschen eine Fülle von Möglichkeiten aus und traut uns zu, gute Entscheidungen zu treffen. Im Vergleich zu anderen Zeiten und anderen Ländern haben wir Frauen und Mädchen in Deutschland besonders gute Möglichkeiten, über unser Leben zu entscheiden. Gleichberechtigung ist auch heute nicht überall eine Selbstverständlichkeit, wir dagegen haben die Chance auf gute Schulbildung und berufliche Karriere, können selbst entscheiden, ob wir eine Familie gründen wollen oder doch lieber Single bleiben.

Wenn du ein bisschen nachdenkst, fallen dir sicher noch mehr Wahlfreiheiten ein:

………………

………………

Entscheidungen treffen

Diese Freiheit bedeutet natürlich auch, dass wir Entscheidungen treffen müssen. Wenn du dich zum Beispiel für eine Berufsausbildung entscheidest, kannst du nicht gleichzeitig ein freiwilliges soziales Jahr in Afrika machen. Etwas zu wählen bedeutet auch, auf anderes zu verzichten. Das ist schon Herausforderung genug, ich weiß das gut.

Wenn du mit Gott leben möchtest, kommt noch eine zweite Schwierigkeit hinzu: Du willst, dass Gott deine Wahl mitträgt, und hast deshalb Angst, Fehler zu machen.

Es gibt ganz sicher Entscheidungen, die Gott nicht gefallen und die er deshalb nicht segnen kann.

Mit den zehn Geboten hat er uns gute Leitplanken gegeben, die uns helfen sollen, auf der richtigen Straße zu bleiben. Und auch die Frage „Was würde Jesus tun?" ist nützlich, um nicht vom guten Weg abzukommen. Wobei ich glaube, dass die Frage „Was würde Jesus nicht tun?" in vielen Situationen eine bessere Hilfe ist.

Zwischen diesen Leitplanken gibt es aber oft mehrere gute Arten, sich fortzubewegen. Es gibt eine Bandbreite, innerhalb der wir eigene Entscheidungen ohne Angst treffen dürfen.

Als ich ein Teenager war – ich gebe zu, das ist schon eine Weile her! –, hat man mir beigebracht, es gäbe nur einen Mann für mich auf der Welt, den Gott für mich ausgesucht hat. Furchtbare Vorstellung, oder? So was setzt einen doch entsetzlich unter Stress! Wie findet man diesen einen unter Millionen? Leuchtet ein grünes Lämpchen über seinem Kopf? Wird er mir eines Tages frei Haus geliefert?

Heute bin ich überzeugt, dass Gott uns bei der Wahl des Partners sehr viel freie Hand lässt. Wenn wir uns entschieden haben, dann möchte er allerdings, dass wir zu dieser Entscheidung in Treue stehen – auch in Krisenzeiten.

Auch bei der Berufswahl lässt Gott dir viel Spielraum. Du kannst ihm als Ärztin dienen oder als Putzfrau, als Mutter oder als alleinstehende Managerin. Wenn du dich an Gottes großzügige Leitplanken hältst, dann ist er bereit, dich auf deinen Wegen segnend zu begleiten.

Hab also keine Angst, Entscheidungen zu treffen!

Was Gott Josua versprochen hat, das gilt auch dir: „Sei mutig und entschlossen! Hab keine Angst und lass dich durch nichts erschrecken; denn ich, der Herr, dein Gott, bin bei dir, wohin du auch gehst!"

Annekatrin Warnke

… und was kann ich besonders gut?

Hast du dich das auch schon öfter mal gefragt?

Bei vielen scheint es ja offensichtlich zu sein, was sie gut können: Deine Freundin ist supergut im Sportunterricht und dein Bruder schreibt so oder so nur gute Noten. Von uns selbst glauben wir manchmal, dass wir gar nichts besonders gut können oder zumindest nichts, was richtig bewundernswert wäre.

Aber stimmt das wirklich? Ist nur das wichtig, was in der Schule benotet wird? Versteh mich nicht falsch, natürlich brauchen wir Mathe, Englisch, Deutsch oder Biologie für unsere Zukunft. Vielleicht haben wir aber noch ganz andere Begabungen als die, die in der Schule abgefragt werden. Mir ist klar geworden, dass es unendlich viele Dinge gibt, die wir können, die aber leider nicht so richtig auffallen. Nach denen „anscheinend“ keiner fragt, aber die genauso gefragt sind wie gute Noten.

Ich möchte dir ein paar Beispiele nennen:

- Kreativität und Fantasie
- Teamfähigkeit
- musische Begabung
- Arbeit mit Kindern
- die Fähigkeit, andere Menschen begeistern zu können
- gut Zuzuhören und Einfühlungsvermögen
- Redegewandtheit
- Kochkünste
- Geschick im Organisieren
- leichter und freundlicher Umgang mit anderen Menschen
- Neugierde und der Drang, Neues zu lernen
- und natürlich vieles mehr.

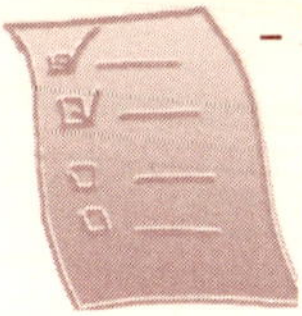

- Schreib einmal alles auf, was du besonders gut kannst (schulisch und auch außerhalb der Schule). Fühl dich nicht angeberisch oder blöd. Es ist wichtig, dass du deine Stärken kennst. Nur so kannst du deine Fähigkeiten für Gott, für dich und andere einsetzen.
- Bitte einen Menschen aus deiner Familie, sich Zeit für dich zu nehmen und aufzuschreiben, was er oder sie weiß, was du besonders gut kannst und wo deine Stärken liegen.
- Frag nun auch eine gute Freundin und bitte sie, dir ehrlich zu sagen, was sie an dir besonders schätzt und mag.
- Schau dir an, was du geschrieben hast, und vergleiche es mit den anderen Aussagen. Gibt es Dinge, die dich überraschen? Hättest du gedacht, dass du so viel kannst?

Gott hat dich reich mit Fähigkeiten beschenkt. Es liegt in deiner Hand, sie gut einzusetzen.

Behalte die Zettel. Schau sie dir immer wieder an, wenn du wieder meinst, nichts zu können. Schreibe dann etwas dazu, wenn du merkst, dass du noch weitere gute Eigenschaften feststellst, oder wenn du ein tolles Kompliment bekommen hast.

Es gibt eine sehr schöne Geschichte zu diesem Thema. Mir selbst hat sie sehr geholfen. Ich erzähle sie gern, wenn jemand zweifelt, dass

<u>Ein Lieblingstext von mir ist ...</u>

... Don't worry be happy.
... Träume nicht dein Leben, sondern lebe deinen Traum.
... Rettet die Erde! Es ist der einzige Planet mit Schokolade.
... Freunde sind wie Sterne, sie sind nicht immer sichtbar, aber sie sind immer füreinander da.

er Talente und Fähigkeiten von Gott geschenkt bekommen hat:

Ein Diener trug jeden Tag zwei Holzeimer mit Wasser an einer Stange über den Schultern vom nahe gelegenen Fluss zum Haus seines Herrn.

Einer der Holzeimer war nicht richtig dicht, sodass nur ein Teil des geschöpften Wassers im Haus ankam. Der Rest des Wassers vertröpfelte auf dem Weg.

Der perfekte Eimer war natürlich stolz auf seine Leistung – und ließ es den undichten Eimer immer wieder spüren.

Eines Tages fragte der Diener beim Wasserschöpfen den undichten Eimer: „Warum bist du denn so traurig?" Der Holzeimer seufzte: „Weil ich nicht fähig bin, meine Aufgabe gut zu erledigen! Nie bringe ich den gesamten Wasserinhalt bis zum Haus."

Der Diener meinte nur: „Schau dir auf dem Weg zum Haus einmal den Wegrand genau an."

Als sie am Haus angekommen waren und das Wasser entleert war, fragte der Diener den undichten Eimer: „Ist dir etwas aufgefallen?"

Der undichte Eimer meinte: „Es wachsen wunderschöne Blumen auf meiner Seite des Wegrands."

„Genau!", stimmte der Diener ihm zu. „Als ich dein Leck bemerkte, habe ich Blumensamen am Wegrand gesät. Jeden Tag hast du die Blumen gegossen – und ich kann wunderschöne Blumensträuße ins Haus meines Herrn stellen! Wenn du nicht genau diesen kleinen Fehler hättest, den du hast, würde es nicht gelingen, dass das Haus meines Herrn solch einen schönen Blumenschmuck hat!"

Jeder von uns hat einen Mangel oder Fehler! Aber Gott kann sie fantasievoll nutzen!

*„Meine Gnade ist alles, was du brauchst.
Meine Kraft zeigt sich in deiner Schwäche."*

2. Korinther 12,9

Rebecca Rühle (17 Jahre)

Wie Gott mich sieht

Meine geliebte Tochter,

lange schon kenne ich Dich – noch bevor Deine Mutter ahnte, dass Du „unterwegs" bist, hatte ich Dein Leben geplant.

Du bist kein Kind des Zufalls, kein Unfall und kein Versehen. Glaube mir – egal, was andere über Dich, Deine Zeugung oder Deine Herkunft sagen.

Ich wollte, dass Du lebst. Das gibt Dir Deine Einzigartigkeit und die Berechtigung zum Leben, die Dir niemand nehmen kann.

Nichts wünsche ich mir mehr, als dass Du diese Wahrheit immer mehr erkennst: Du bist von mir – Gott – unendlich geliebt. Egal, was Du tust, egal, wie Du drauf bist – ich liebe Dich und bin für Dich da.

Auch jetzt in dieser Phase des Erwachsenwerdens begleite ich Dich.

Vielleicht hast Du manchmal das Gefühl, ich sei eine Ewigkeit weit weg. Dennoch stehe ich immer neben Dir – nur ein Gebet weit entfernt.

Es tut mir weh, wenn ich sehe, was Du alles tust, um anderen zu gefallen.

Wer bin ich überhaupt?

Ich denke, dass ich manchmal nett und hilfsbereit bin, aber manchmal bin ich zu ungeduldig.

Ich bin manchmal leider ziemlich zickig.

Ich kann nicht „Nein" sagen.

Ich bin was Besonderes, so wie jede Person etwas Besonderes ist.

Ich bin sehr engagiert.

Ich denke, dass ich eine gute Schwester bin.

Du musst keine Kopie einer bestimmten umschwärmten Person sein. Du darfst einfach Du selbst sein!

In meinen Augen bist Du wunderschön – auch wenn Dich heute der Pickel auf der Nase so sehr stört.

Ich freue mich, wenn ich Dich begleiten kann, möchte mit Dir gerne in Deinen Schulalltag gehen, Dich zu Freunden und in der Freizeit begleiten.

Oft stelle ich auch Engel an Deine Seite, damit Dir nichts passiert.

Erinnerst Du Dich noch? Dieser Sturz vom Fahrrad neulich, der so glimpflich ausging, obwohl die sprachlosen Passanten meinten, Du würdest ihn nicht überleben.

Du bist mir so viel wert, dass ich meinen Sohn Jesus für Dich gab.

Gestern, heute und morgen werde ich derselbe sein und mich darauf freuen, dass Du nach Hause kommst.

Ich warte auf Dich!

In Liebe
Gott, Dein Vater

P. S.: Psalm 139; Jeremia 1,4-5; 1. Mose 1,27; Apostelgeschichte 17,26+28; Psalm 71,6; Matthäus 7,11; Jeremia 29,11; Jeremia 32,41; Psalm 34,18; Römer 8,32; Lukas 15,7

Erinnerungen aus der Konserve?

Nein – ich meine nicht, dass du so eine Art *Instant-Erinnerungs-Pülverchen* kreieren sollst.

Aber an manchen Tagen sieht die Welt nun mal nicht rosig aus.

Vielleicht hast du dich mit deiner Freundin gestritten oder dein kleiner Bruder nervt mal wieder ohne Ende...

Die 5+ im letzten Englisch-Test, die du heute zurückbekommen hast, bedroht wohl nicht deine Versetzung – aber zu Jubelausbrüchen verlockt sie dich auch nicht.

Das trübe und triste Wetter setzt da noch das berühmte Sahnehäubchen drauf.

Grmpf!!!!

An solchen Tagen kann eine „*Gute-Erinnerungen-Schachtel*" hilfreich sein.

Besorge dir eine hübsche Schachtel oder bastle dir aus einem Schuhkarton selbst eine. Ein Sonnenblumenmotiv kann schon das erste kleine Strahlen in dein Zimmer bringen.

In diese Schachtel legst du nun ab sofort lauter nette, kleine Dinge, die dich an ein tolles Erlebnis, ein hilfreiches Gespräch, eine nette Aufmerksamkeit, an Gottes uneingeschränktes „Ja – ich habe dich lieb" erinnern.

Wenn dich jetzt am Anfang die leere Schachtel angähnt, habe ich einen kleinen Tipp für dich:

Nimm drei kleine farbige Zettel und notiere darauf jeweils:

Ich bin … (musikalisch, sportlich, Tochter, Schwester, Mitglied von …)

Ich kann … (lesen, schreiben, singen, telefonieren …)

Ich habe … (Taschengeld, Haare auf dem Kopf, eine Zahnspange …)

Jetzt ist der Anfang gemacht. Vielleicht legst du nach eurem nächsten Urlaub eine kleine Muschel hinein? Oder nach der nächsten Shoppingtour mit deiner Mama den Kassenbon für die hippe Jeans, die sie dir spendiert hat (obwohl es auch wesentlich günstigere gegeben hätte …)?

Ist dir ein Bibelvers oder ein Spruch besonders wichtig geworden? Schreib ihn auf und lege den Zettel in die Schachtel!

Das Foto aus dem Automaten, auf dem du und deine Freundin so sehr lachen, dass alles verwackelt ist? Nichts wie hinein in die Schachtel als Erinnerung an einen unbeschwert fröhlichen Trödelnachmittag!

Wenn dann wieder Tage kommen, an denen du dich selbst nicht leiden kannst oder an denen sich die ganze Welt gegen dich verschworen hat, einfach alles – aber auch wirklich alles! – schiefläuft, dann hole diese Schachtel vom Regal, aus dem Schrank, unter dem Bett vor und stöbere in den Utensilien.

Vielleicht können dir die Erinnerungen ein erstes leises Lächeln entlocken, aber sicher die Gewissheit: Es kommen auch wieder andere Zeiten!

Ute Mayer

Mein Leben und ich

Überlebenstipps für Teenager

Hast du manchmal auch so Tage, an denen du auf nichts mehr Lust hast?

Deine Eltern nörgeln an dir herum, deine Noten in der Schule waren auch schon einmal besser, deine Freunde sind viel zu sehr beschäftigt, um mit dir etwas zu unternehmen. Du wünschst dir das Ende des Monats herbei, weil dein Taschengeld schon längst aufgebraucht ist, der Liebeskummer plagt dich. Du willst endlich erwachsen sein, du bist unzufrieden mit dir und deinem Aussehen, du hast Angst vor der Zukunft und du fragst dich, wo dein Platz ist, an dem du gebraucht, gewollt und geliebt bist.

Keine Angst – das geht jedem immer mal wieder so!

Wenn du erkannt hast, dass du diese Hürden bewältigen willst – aber noch nicht weißt wie –, dann ist das ein guter Ansatzpunkt.

Du bist dabei, deine Persönlichkeit zu entwickeln, um später eine selbstbewusste Frau werden zu können.

Sprich mal mit älteren Freunden über deine Probleme! Sie sehen dich aus einer anderen Perspektive und wissen genau, wovon sie sprechen.

Vielleicht erzählen diese Vertrauenspersonen dir sogar, wie es bei ihnen war und was ihnen geholfen hat.

Es gibt kein spezielles Geheimrezept, die Hürden des Alltags ohne Weiteres zu bewältigen.

Um eine gesunde Balance unserer Seele zu erhalten, müssen wir Auszeiten von alltäglichen Tätigkeiten wie Schule, Sportverein, Musikschule nehmen. Mir hilft es, joggen zu gehen und dabei die Natur zu genießen, mit Freunden wegzugehen. Bei dir kann es etwas anderes sein.

Setze dir Prioritäten und lass diese nicht mehr aus den Augen. Sie bewahren dich vor Abwegen.
Da gibt es Regeln bei dir zu Hause, die dir nicht passen, die du ätzend findest und die dir scheinbar jeden Spaß verderben? Betrachte es mal von der anderen Seite und frage dich, welche Ziele diese Regeln verfolgen.
In deiner Beziehung zu Jesus „klemmt es"? Auch diese Beziehung braucht Geduld und Verständnis, um ein erfülltes Leben von jetzt an bis zur Ewigkeit genießen zu können.

Da sitze ich mit 22 anderen Jungs und Mädels in meinem Alter im Klassenzimmer, die Lehrerin versucht, uns den 1. Weltkrieg und seine Auswirkungen deutlich zu machen. Dabei interessiert es mich nicht im Geringsten, wie es den Leuten früher ergangen ist. Ich freue mich eigentlich nur darauf, bis die sechste Stunde aus ist und ich endlich wieder meinen Computer einschalten kann. Bevor ich dann am Abend ins Bett gehe, fällt mir ein, dass ich für morgen noch Hausaufgaben machen müsste.

Die einzige Möglichkeit wäre nun, sie auf der Stelle zu erledigen. Dafür bin ich aber jetzt zu müde – am besten schreibe ich sie morgen bei meinem Klassenkameraden ab.

Am Tag darauf wünsche ich mir, ich hätte die Aufgaben schon eher gemacht, denn ich kassiere einen Nachholtermin. In dieser Zeit will ich mich eigentlich mit Julia treffen. Sie ist sowieso sauer auf mich, weil ich sie das letzte Mal schon versetzt habe.

Nun mache ich mir Vorwürfe, die mir jetzt aber nicht weiterhelfen. Mir wird klar, dass ich meine Zeit besser planen und die wichtigeren Dinge zuerst erledigen muss.

Versuche, dir deine Zeit sinnvoll einzuteilen, und sehe jeden Tag als eine geschenkte Möglichkeit, dir und anderen eine Freude zu machen.
Lass andere von dir lernen. Zuerst musst du aber dich selbst kennenlernen.
Wenn in deinem Geldbeutel Ebbe herrscht, weil dir dein Taschengeld nicht ausreicht, dann suche eine Möglichkeit, legal an Geld zu kommen. Bevor du den Geldbeutel deiner Eltern „spazieren führst", ziehe es vor, dir einen Nebenjob zu suchen.
Solange du unter 18 bist, bist du beschränkt geschäftsfähig, aber du kannst trotzdem das Arbeitsleben testen. Ich selbst habe auch eine Zeit lang am Wochenende in einer Konditorei gearbeitet, aber nach einiger Zeit sind meine Noten schlechter geworden und ich musste aufhören zu arbeiten.

Es wird immer wieder Situationen in unserem Leben geben, denen wir am liebsten ausweichen möchten, weil sie neu sind oder wir uns manches nicht zutrauen, weil wir Angst haben etc. Doch sie sind wichtig, damit wir in unserer Persönlichkeit und Stärke wachsen.

Ich lese gerne Ratgeberbücher.

Hier sind ein paar Gedanken, die mir wichtig geworden sind:

- Selbstsicherheit und Selbstvertrauen entwickelt sich, wenn du glaubst, dass du in bestimmten Dingen bewundernswert gut bist. Das ist keine Arroganz oder Anmaßung. Es ist Selbstsicherheit, die aus dem Wissen herrührt, dass der Schöpfer des Universums dir ganz besondere Talente mitgegeben hat, die du nutzen kannst.

- Mut ist, zu deiner Meinung zu stehen, wenn jemand dich danach fragt, statt zu sagen: „Ich weiß es nicht."
- Kühnheit bedeutet, keinen Rückzieher zu machen, wenn es unbequem wird. Es bedeutet, die Wahrheit zu sagen und das Richtige zu tun. Es wirkt *enorm* auf andere.
- Versuche, das ganze Leben als Abenteuer zu sehen und in allem, was du erlebst und tust, etwas zu finden, das dich beeindruckt.

Halte fest an der Person, die Gott in dir sieht! So musst du nicht versuchen, deine Bedürfnisse durch Personen, Sachen oder durch dich selbst zu stillen. Wenn unsere Sehnsüchte ganz von Jesus gestillt werden, dann können wir die Geschenke Gottes in vollen Zügen genießen, ohne von ihnen beherrscht zu werden.

So richtig happy bin ich ...

... wenn ich gute Noten schreibe.
... wenn ich mit Freunden etwas mache.
... wenn ich mit meiner Familie zusammen bin.
... wenn ich shoppen gehe.
... wenn ich mich nach einem stressigen Tag endlich ins Bett legen kann.
... wenn ich etwas mit meinen Geschwistern unternehme.

Carolin Krämer (18 Jahre)

Trends mitmachen oder setzen?!

Real sein mit oder ohne orange

Gestern bin ich kurzzeitig zur Nostalgikerin geworden. Zu Besuch bei meiner Familie haben wir uns alte Urlaubsfilme angeschaut. Mein großer Bruder in ganz klein beim Versuch, einen Luftballon festzuhalten. Meine jüngere Schwester beim Puddingessen. Ich, wie ich bei ersten Schnorchel-Versuchen mit dem Po wackele. Wir haben uns gekringelt vor Lachen!

Und dann kommt mein Vater ins Bild. Mit Vollbart, bräunlich getönter Brille und einem knallorangefarbenen Hemd!

„Iiiiiihhh, wie sahst du denn aus?!“, haben meine Geschwister und ich gegrölt.

„Das war damals topmodern!“, meinte mein Vater, halb protestierend, halb lachend. Und meine Mutter hat dann noch erklärt, wie gut diese Farbe ihm gestanden habe. Und dass es irgendwie schade sei, dass man so etwas heute nicht mehr tragen könne. Woraufhin meine Omi meinte: „Aber wieso denn, ich habe gerade gehört, dass Orange die neue Trendfarbe des Sommers ist!“

Ich habe still in mich reingegrinst. Mir vorgestellt, wie meine Omi in Knallorange aussehen würde. Ich habe mich gefragt, wer eigentlich bestimmt, was in ist und was out. Und ob ich wohl peinlich berührt sein werde, wenn ich in 25 Jahren alte Fotos oder Fernsehsendungen von mir anschaue.

Irgendwie sind wir doch alle immer dem unterworfen, was eben gerade Trend ist. Wer heute versucht, in einem

Schuhladen bunte Dinger mit 25 cm Plateau zu finden, kann ziemlich lange suchen. Vor zehn Jahren war das anders. Und wenn man in zehn Jahren Musik von *Tokio Hotel* kaufen will, wird man wahrscheinlich schief angeguckt oder auf die Ramsch-Oldie-Ecke verwiesen.

Es ist ganz normal, dass sich Trends immer neu entwickeln, erfinden, verändern und verabschieden. Und das ist ja auch erstmal total klasse. Entwicklungen in Mode, Musik, Sprache, Kunst und anderen Bereichen geben dem Leben so etwas wie einen zur jeweiligen Zeit passenden Geschmack. Trends können den Alltag würzen. Sie können was Spannendes sein, können Spaß und neugierig auf die vielen Facetten des Lebens machen.

Leider ist da aber auch die andere Seite. Dann, wenn Trends als Forderungen daherkommen. Wenn sie wie eine schwere Last auf einem liegen. Man kann sie als Anspruch verstehen, das Richtige tun, tragen, sagen oder sein zu müssen. Und genau da hört der Spaß auf. Wenn du dazu gedrängt wirst, einen Weg einzuschlagen, nur weil ihn alle gehen, obwohl du dich unwohl damit fühlst. Wenn du ausgelacht wirst, weil du nicht mit dem gerade angesagten Rucksack in die Schule kommst. Oder wenn andere dich als langweilig bezeichnen, weil du den Flatrate-Saufparty-Trend nicht mitmachst.

<u>Trends mitmachen?!</u>

Ja, natürlich!

Nicht alle, man sollte sich selbst treu bleiben!

Nein, mir ist es egal, wie man aussieht oder man sich anzieht.

Manchmal, aber nur, wenn sie mir gefallen!

Ehrlich gesagt, geht es doch immer darum, gefallen zu wollen. Wir wollen alle geliebt werden. Wir wollen anerkannt werden für das, was wir sind, haben oder tun. Das ist erstmal ganz normal.

Aber die Frage, die du dir stellen solltest, ist die: Schaue ich erst mal auf das, was andere von mir erwarten? Und checke ich dann, ob ich dem entspreche? Oder schaue ich erst, wer ich eigentlich bin, und mache den Check in die andere Richtung: Passt der Trend zu mir? Will ich so sein, aussehen, reden? Bin das wirklich ich?

Das ist meiner Meinung nach übrigens ein göttliches Prinzip. „Wir werden alle als Originale geschaffen. Lasst uns nicht als Kopien sterben!“, hat es ein kluger Mensch mal zusammengefasst. Du bist als Erfindung Gottes einmalig. Und das ist gut so. Stell dir mal vor, wir laufen eines Tages alle mit denselben Nasen, Klamotten und Rucksäcken rum! Wie schrecklich! Gott hatte ein einmaliges Kunstwerk vor Augen, als er dich erfunden hat. Und es gilt herauszufinden, was das ist.

Trends können dabei helfen. Du kannst sie als Vorschläge für dein Leben ansehen. Du kannst dadurch lernen, was zu dir passt. Wer du bist und wer du nicht bist. Du darfst es dir wert sein, nicht alles mitmachen und gut finden zu müssen, was andere gerade denken oder tun. Und jedes Mal, wenn du dich klar positionierst, auch gegen das, was andere gerade als „Must Have“ oder „Must Be“ ansehen, wird dich das stärker und sicherer machen und deinen Charakter formen.

Die Radio-Comedy-Figur Reverend Eminent hat ihre Hörer immer mit einem „Stay real!“ verabschiedet. Das bringt es eigentlich auf den Punkt. *Real sein*, das ist wahrscheinlich der größte Trend, den es gibt. Aber das ist einer, den man nicht nachmachen kann. Echt werden und echt sein, das kann man nur selbst. Diesen Trend kann man nur setzen. Manchmal kann das ganz schön anstrengend sein. Aber es lohnt sich! Weil die Leute, die man wirklich bewundert, die einen begeistern und die man nicht nur mal eine Woche oder einen Monat lang gut findet, sondern immer weiter und immer mehr, genau die sind, die es geschafft haben und immer neu schaffen: Die echt sind.

Je länger ich darüber nachdenke, desto mehr glaube ich, dass ich nicht peinlich berührt sein werde, wenn ich irgendwann alte Bilder oder Filme von mir anschaue. Weil ich dann wissen werde, dass ich schon damals auf dem Weg war, ich selbst zu sein und immer mehr zu werden. Auf diesem Weg mal auszurutschen, mal den falschen Trend probiert zu haben und dumm dabei ausgesehen zu haben, ist dann auch okay. Weil es dazu beigetragen hat, rauszufinden, wer ich bin und sein will.

Der Lernprozess hört dabei wohl nie auf. Als ich den ersten Absatz dieses Textes geschrieben habe, habe ich mich gefragt, ob es nicht total out ist, nostalgische Familienfilme anzuschauen. Und ob man sich blamiert, wenn man zugibt, dass man seine Omi *Omi* nennt. Kurz habe ich gezögert. Dann musste ich wieder grinsen, dieses Mal über mich selbst. Und habe beschlossen, dass es mir egal ist, ob irgendjemand das gerade voll cool oder total bescheuert findet.

Wer weiß, vielleicht wird es ja der neueste Trend, mit Omis alte Urlaubsfilme zu gucken. Vielleicht auch nicht. Ich werde es trotzdem wieder machen. Und ich bin schon gespannt, ob meine Omi dabei dann irgendwas in Knallorange trägt.

Doro Wiebe

Vergleichen – meinen Weg gehen

Ich sah sie schon von Weitem, wie sie mit den anderen in der Gruppe vor dem Schultor lachte. Ihre blonden Haare umspielten ihr puppenartiges Gesicht. Als Leistungssportlerin hatte sie eine gut durchtrainierte Figur. Sie war toll, keine Frage. Ich konnte verstehen, dass er sie liebte. Tassja war meine ärgste Rivalin und zugleich meine allerbeste Freundin.

Ich dachte, wenn ich nur so wäre wie Tassja, dann würde er mich lieben. Ihr Leben wirkte einfacher und alles schien ihr zuzufliegen. Sie war selbstbewusst und pfiff oder sang meistens gut gelaunt vor sich hin.

Stell dir vor, du könntest eine Wunschliste anfertigen und dir von gewissen Leuten unterschiedliche Eigenschaften oder Äußerlichkeiten aneignen.

Ich hätte gerne ...

Die Haut von ____________________
Die Figur von ____________________
Die Augen von ____________________
Die Beine von ____________________
Die Haare von ____________________
Die Klamotten von ______________
Die Eltern von __________________
Die Ausstrahlung von _____________
Den Humor von ________________________
Die Intelligenz von ______________________
Das Zimmer von _________________________
Den Beliebtheitsstatus von ________________________
Die Tanzbegabung von ___________________________
Die Stimme von __________________________________

Wenn du diese Liste gedanklich oder schriftlich ausgefüllt hast, merkst du sehr wahrscheinlich, dass du nicht bei allen Lücken immer den gleichen Namen eingetragen hast.

Es kann auch gut sein, dass deine Locken, deine Hände oder Ausstrahlung bei deinen Freundinnen auf ihren geheimen Wunschlisten stehen.

Was magst du an dir besonders? Sind es nur deine Zehen? Immerhin kannst du dann gut offene Schuhe tragen ...

Es müsste eine Umtauschbörse geben nach dem Motto: „Biete schöne Haut und suche tolle Figur." ‚Jeder hat an etwas zu knabbern', und doch scheinen die Problemzonen anderer oft einfacher oder harmloser als die eigenen.

Unweigerlich hallt der märchenhafte Spruch durch meinen Kopf:

> *Spieglein, Spieglein an der Wand, wer ist die Schönste, Schlankste, Beliebteste im ganzen Land?*

Spiegel sind an sich nichts Schlechtes, aber ich hatte eine Schulfreundin neben mir sitzen, die unbewusst mehrmals in der Stunde ihr Metallmäppchen leise öffnete, um sich im reflektierenden Innendeckel über ihr Aussehen zu vergewissern.

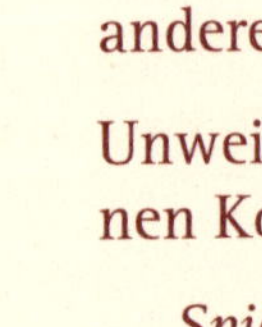

Achtung,
wenn Spiegel zu viel Macht gewinnen.

Achtung,
wenn Spiegel den Selbstwert bestimmen.

... und Achtung:
Manche Spiegel zur Selbstwahrnehmung sind grotesk verzerrt.

Wo ist mein Bezugspunkt?

Vergleiche ich mich mit anderen Freundinnen, mit Stars oder mit dem Bild in meinem Kopf, wie ich zu sein habe? Worauf kann ich bauen, wenn alles zerbricht?

Als Teenie wollte ich geliebt werden und dachte, dafür müsste ich perfekt sein.

Ich entwickelte eine Form von Spiel und zählte, wie viele Typen in mich verliebt waren – und leitete davon meinen Wert ab. Dies jedoch ist ein schwankender und sehr unsicherer Faktor zur Bestimmung des Selbstwertes.

Worum deine Gedanken kreisen, kann eine Eigendynamik annehmen und in einem schwindelerregenden Sog enden.

„Wenn er mich doch nur lieben würde“, darum kreisten meine Gedanken wie in einem Strudel.

Und was meine Freundin Tassja betrifft, die ich so bewunderte: Erst Jahre später erfuhr ich von ihrem täglichen Kampf gegen die Magersucht.

Es bedarf einer inneren Entscheidung, dem Vergleichen einen Abschiedskuss zu geben und dieses gedankliche Spiel zu beenden.

Ich vergleiche mich mit anderen Personen ...

... in schulischen Leistungen, Charakterstärke, Aussehen.
... indem ich versuche, die gleichen Noten wie meine Freundin zu erzielen.
... nicht. Wenn es darum geht, hübsch zu sein, denke ich, dass jeder auf seine Weise hübsch ist.
... nicht mehr, denn jeder hat seine eigenen Stärken und Schwächen.

In der Bibel gibt es einen Hinweis auf einen Ausweg: Mit dem Maß, mit dem du andere misst, wirst du selbst gemessen werden.

Das beginnt beim gedanklichen Mustern, Austaxieren, Lästern.

Meinen Weg aus der Vergleichssucht heraus finden, bedeutet also zuerst, die anderen ebenfalls stehen zu lassen. Sie dürfen so hübsch oder hässlich, aufgestylt oder abgewrackt herumlaufen, wie sie wollen. Und ich auch!

Wie kann ich jetzt meinen eigenen Weg und Rhythmus finden?

Hier einige Fragen und Tipps:

- In welchen Klamotten fühle ich mich am wohlsten?
- Welcher Duft gefällt mir besonders?
- Was drückt am meisten aus, wer oder wie ich bin? Sportlich, elegant, chic, streetlook, öko?
- Was ist vorteilhaft für meine Figur? Befrage gute und ehrliche Freundinnen.
- Mit oder bei welchen Leuten fühle ich mich wohl? Wo kann ich am meisten ich selbst sein?
- Probiere unterschiedlichste Schuhe an. Sie beeinflussen deine Haltung, deinen Gang und dein „Auftreten".
- Experimentiere mit Stilen, Farben, Schmuck, Accessoires und Frisur.

Meine 7 Entschlüsse

1. Ich entschließe mich hiermit, nach meinem eigenen Herzschlag zu tanzen.
2. Ich lebe in der Freiheit eines Gotteskindes und lasse mich auf keine zerstörerischen Gedankenspiele mehr ein.
3. Ich muss nicht irgendeinem Bild entsprechen, um anderen „liebenswert" zu erscheinen.

4. Ich bin geliebt von der ultimativen Autorität dieses Universums.
   Ich distanziere mich von der Lüge, perfekt sein zu müssen, um geliebt zu werden oder um eine Daseinsberechtigung auf dieser Welt zu haben.
5. Ich bin ich und ich umarme mich selbst heute mit allen meinen Stärken und Schwächen, die zum individuellen Menschsein gehören.
6. Ich lege das göttliche Prädikat der Schöpfung, „sehr gut", das mich beinhaltet, als Stirnband um meinen Kopf.
7. So schließe ich heute Frieden mit meinem Körper, meinem Kopf und meiner Seele.

Andrea Trilby

Chatten, surfen und noch mehr

Internetsucht, Verbot von virtuellen Onlinespielen etc. – diese Rufe bzw. Argumente werden immer wieder in den Medien laut.

Dabei sind sich die Fachleute nicht einig, ob es „Internetsucht" als Krankheitsbild (vergleichbar mit Alkoholsucht oder Drogensucht) überhaupt gibt.

In Deutschland zeigen nach Expertenschätzungen mehr als eine Million Internetnutzer Internetsuchtanzeichen.

Bist du gern im Internet? Wofür nutzt du das Internet?

Mal ehrlich – bestimmt nicht nur, um Material und Infos für die Hausaufgaben oder das nächste Referat zu bekommen.

Sich im Chat auszutauschen, ist ja auch eine tolle Sache. Und die fast unbegrenzten Möglichkeiten, sich Informationen zu holen, eine super Sache.

Bedenklich wird es, wenn du einen großen Teil deiner Freizeit online verbringst – statt dich mit deinen Freundinnen persönlich zu treffen.

Wenn du dich in der virtuellen Welt wohler fühlst als in der realen Welt, dann würde mir das zu denken geben.

Psychologen sind sich einig, dass hinter der extremen Nutzung des Internets ein Problem steckt, das von der Internetsucht überdeckt wird.

Wie ist das bei dir? Was löst die Vorstellung, eine Woche ohne Internetzugang zu sein, bei dir an Gedanken und Gefühlen aus? Vielleicht zählst du dich nicht gerade zu den Internetjunkies, aber so ein Nachmittag oder Abend ganz ohne ICQ, MySpace oder vielleicht auch deinen persönlichen Blog lässt leichte Panikattacken in dir aufkommen?

Suchtdiskussion hin oder her: Wenn du versuchst, deine Internetnutzung vor deinen Eltern oder Freunden zu verheimlichen, dann würde ich das zumindest als bedenklich einstufen.

Leider gibt es im Internet auch mehr als genug Menschen, die diese Anonymität für ihre persönlichen kriminellen Neigungen nutzen. Davor solltest du dich schützen! Immer wieder kommt es vor, dass sich Männer im Chat als junge Mädchen ausgeben, um ihre perversen Neigungen zu befriedigen!

Vertrau deinem Bauchgefühl, wenn dir etwas mulmig erscheint.

Tipps für den Chat:

- Beachte die Chatiquette! Stell dir einfach vor, die Person, mit der du chattest, würde neben dir sitzen!
- Beschimpfungen und Beleidigungen musst du dir nicht „anhören“. Wende dich in diesem Fall an die Moderatoren des Chats (die es hoffentlich gibt…).
- Sei misstrauisch! Warum fragt dich dieser andere Chatter nach deinem Alter oder was du gerade anhast?
- Benutze einen Nickname und gib deine Adresse und Telefonnummer nicht weiter. Vorsicht mit deiner Mailadresse! Viele Teens haben ihren realen Vornamen und ihr Alter als Mailadresse!!
- Beende den Chat, wenn dir die Fragen zu bedrängend oder irgendwie seltsam vorkommen. Sage deinen Eltern Bescheid oder wende dich an den Moderator. Solch eine Person kann gesperrt werden (in ganz heiklen Fällen ist auch eine Anzeige bei der Polizei möglich).

Übrigens:

Während der Fastenzeit (Aschermittwoch bis Ostern) verzichten immer mehr Teenager (und auch Erwachsene) für 40 Tage auf Internetkontakte (im Chat etc.). Manche machen sogar „Mailfasten“ – keine Mails abrufen oder schreiben.

Vielleicht wäre das mal einen Gedanken wert für die nächste Fastenzeit? (Schokolade fasten macht ja fast jede…)

Ute Mayer

Einsatz gefragt

Ich war ganz schön beeindruckt.

Der Rektor und der Konrektor unserer Schule gratulierten zur gelungenen Aktion. Die in der Presse veröffentlichten Artikel schnitt ich zur Aufbewahrung aus. Von manchen Erwachsenen oder Mitschülern höre ich ein: „Das war gut, gibt es das noch mal?“

Was wir taten?

Beim Schüleraustausch lernte ich die „Forty-two-hours-Aktion“ kennen. Während 42 Stunden verzichtet jeder Teilnehmer auf eine Sache, die er selbst bestimmt: aufs Essen, auf Schokolade, aufs Internet oder Fernsehen. Er sucht sich Sponsoren, die ihn für den Verzicht entlohnen. Das Geld, das damit gewonnen wird, kommt hungernden Kindern zugute. Sie erhalten über eine Organisation aber nicht nur Essen, sondern zugleich auch eine Schulausbildung.

Wir konnten damit anderen Jugendlichen in doppelter Weise helfen. Das verschafft ein gutes Gefühl.

Was ich damit sagen will:
Meiner Erfahrung nach lohnt es sich, sich einzubringen und zu engagieren.
Nicht nur wegen dem Lob und der Anerkennung, obwohl das schon guttut.

Ich habe eine Menge dabei gelernt:

- Wie schaffe ich es, eine Idee umzusetzen?
- Wie gewinne ich Mitstreiter für meine Aktion (in diesem Fall Schülerbibelkreis und Schülermitverwaltung – SMV)?

- Wie wird Werbung gemacht?
- Auf welche Weise lassen sich Erwachsene auf Unterstützung ein?
- Wie halte ich eine lange Vorbereitungszeit durch?
- Für welche Organisation entscheiden wir uns, welche ist vertrauenswürdig?

Durch dieses Engagement habe ich für viele andere Bereiche meines Lebens etwas gelernt: Es ist wichtig, sich zu trauen. Es ist wichtig, eine Idee vorzustellen und mit Gleichgesinnten zusammen Wege zur Durchführung zu finden. Manchmal muss man sich mit seinen Ideen ordentlich durchbeißen oder sogar mit Gegenwind rechnen.

Aber ich habe gelernt, dass ich nicht nur jammern muss und kann, dass alles in der Welt so schlecht ist und keiner etwas tut. Ich weiß, dass wir etwas Sinnvolles getan haben, und wir werden es auch weiterhin tun!

Übrigens, die Aktion fand nun schon zum zweiten Mal statt und wer weiß, ob sich nicht eine gute Tradition daraus entwickelt?

Außerdem: Weißt du, wie hart es sein kann, zwei Tage nichts zu essen? Diese Erfahrung möchte ich nicht missen, weil ich weiß, dass es so viele Kinder gibt, die hungern, aber unfreiwillig.

Was bringt mir mein Engagement?

- Ein gutes Gefühl und manchmal Anerkennung und sogar Lob.
- Einen weiteren Horizont über den eigenen Tellerrand hinaus.

- Neue Freunde, die sich begeistern und anstecken lassen.
- Vorbereitung für einen späteren Beruf.
- Training meiner Fähigkeiten (organisieren, planen, einteilen, anleiten ...).
- Die Gewissheit, dass mit meinem Beitrag wirklich was verändert werden kann.

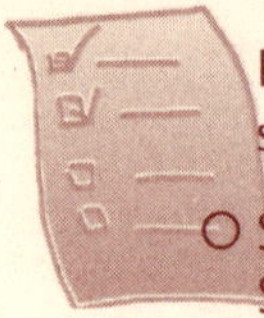

Der Ort, wo ich mich einsetzen kann, wird ganz unterschiedlich sein:

- O Schule: Klassensprecher oder Streitschlichter, Mitarbeit im Schülerbibelkreis, Hausaufgabenbetreuung, SMV
- O Kirche: Gruppenleiter, Jungschar, Jugendgottesdienstteam
- O Nachbarschaftshilfe, Einkaufs- oder Besuchsdienst, Aktionen für Benachteiligte oder Ausländer
- O Stadt/Gemeinde: Sozialpraktikum oder Mitmachen Ehrensache, Umweltprojekte
- O Sportvereine
- O Oder einfach dort, wo mein Gefühl sagt: Das kann so nicht sein, hier müsste etwas verändert werden.

In meiner Nachbarschaft existiert ein Spielplatz, aber nur durch eine andauernde Protestaktion einiger 11- und 12-jähriger Mädchen, die dem Bürgermeister die Bude einliefen mit dem Wunsch nach einer Spielgelegenheit für die anwohnenden Kinder.

Na, kommen dir auch schon Ideen?

Rebecca Rühle (17 Jahre)

Mir geht es gut

Dein Körper spricht Bände

„Super cool" oder „graue Maus"!

Eine neue Schülerin tritt hinter deinem Klassenlehrer ins Zimmer. Es dauert höchstens einige Minuten, eher nur Sekunden, und dein erstes Urteil über das Mädchen ist gefällt.

Wie sie dasteht: Halb hinter dem Lehrer versteckt, den Blick nach unten gesenkt, die Beine leicht überkreuzt, mit den Armen fest die Schultasche umklammert – du weißt Bescheid.

Oder du siehst auf ein Mädchen, das offen in die Klasse blickt, lächelt und fest mit beiden Beinen auf dem Boden steht. Auch da weißt du Bescheid. Und dir ist völlig klar, mit welchem der beiden Mädchentypen du gern Kontakt aufnehmen möchtest.

Jeder Körper sendet Signale aus

Auch ohne Worte werden Gefühle und Gedanken ausgedrückt.

Jeder Körper spricht eine eigene Sprache. Auch dein Körper. Und die meisten Menschen um dich herum verstehen diese Sprache. Es funktioniert ohne Dolmetscher.

Folgende Erlebnisse kennst du sicher:

Bei einer Präsentation wackelst du hin und her von einem Bein aufs andere und deine Mitschüler samt Lehrer entnehmen daraus, wie nervös und unsicher du bist.

Du schaust betreten zu Boden, weil so viele neugierige Gesichter auf dich schauen, und alle spüren deine Unsicherheit und Befangenheit.

Dich spricht jemand unerwartet an und du wirst rot und stammelst atemlos die Antwort, weil es dir unangenehm oder peinlich ist – und erst recht ist dir peinlich, dass deine Stimme schon alles verrät.

Was kannst du dagegen unternehmen?

- Arbeite an deiner Körperhaltung.
- Achte auf deine Gestik und Mimik.
- Überzeugendes Auftreten durch Blickkontakt.

1. Arbeite an deiner Körperhaltung

Mit Geduld, Übung und kleinen Tricks kannst du dir zu einer ansprechenden Körperhaltung und zu einem sicheren Auftreten verhelfen.

Am **wichtigsten** ist deine **Grundeinstellung:** *Es ist sehr gut, dass ich da bin.*

Nicht alle Mädchen können dies mit Überzeugung von sich sagen. Vielleicht gehörst du dazu.

Du hast keinen, der dir das sagt, oder jemanden, der dir genau das Gegenteil mitteilt. Vielleicht zweifelst du selbst daran.

Aber es gehört zum größten Geschenk Gottes an jeden Menschen, besonders an dich: Er sagt: *Du bist wertvoll*!

Du bist von mir geliebt! Du bist einzigartig! So jemanden wie dich mache ich nie wieder!

Im Schöpfungsbericht der Bibel wird erzählt, dass Gottes Kommentar zu allem, was er schuf, folgender Satz war: „Und siehe, es war gut!“ Und als Gott den Menschen schuf, sagte er sogar: „Es was sehr gut!“

Wow! Das gibt ein Selbstbewusstsein! Es ist sehr gut, dass du da bist.

Deshalb darfst du aufrecht stehen. Aufrecht durchs Leben gehen.

Wie geht das?

- Mit beiden Beinen einen festen Stand auf dem Boden suchen.
- Tief durchatmen.
- Luft einziehen und beim Ausatmen die Luft bis in die Beine schieben.
- Alter **Trick** für aufrechte Haltung: einige Bücher auf den Kopf legen und versuchen, so zu gehen.

Schreibe auf: Was hat Gott an mir besonders gut gemacht?
Du findest bestimmt viele Dinge.
Falls nicht, bitte deine beste Freundin darum.

2. Achte auf deine Gestik und Mimik

Mit *Gestik* (Gesten mit Händen/Füßen) und *Mimik* (Minenspiel im Gesicht) zeigst du Gefühle oder bringst deine Meinung zum Ausdruck und verstärkst das, was du sagen willst.

Zu den *ablehnenden Gesten* zählen verschränkte Arme und verschränkte Beine.

Sie signalisieren Unsicherheit und Angst, dass du dich entweder an dir selbst festhalten musst oder dich zur Abwehr schützen willst.

Es gilt unter Rednern eine *Regel für die Hände:*

Hände sagen aus, wie du die Dinge bewertest:

Handgesten oberhalb der Gürtellinie zeigen, es ist alles im grünen Bereich, also positiv.

Auf der Gürtellinie zeigst du, was du als neutral einstufst.

Was du mit deinen Händen unterhalb der Gürtellinie zeigst, spricht von negativen Dingen, will ablehnen, abhalten oder beschwichtigen.

Wer nicht weiß, wie er mit seinen Händen umgehen soll, z.B. bei einem Referat, kann sich mit Karteikarten in der Hand helfen.

Es wirkt anmaßend und rechthaberisch, die Hände rechts und links in die Hüfte zu setzen. Das sieht vor anderen aus, als ob du dich „aufpflanzen" willst. Auch mit dem Zeigefinger solltest du behutsam umgehen.

Als *positive Geste* wirkt sich aus, wenn du die Hände mitreden lässt. Nicht in Hektik oder um die Luft aufzuwirbeln, sondern zum Unterstreichen dessen, was du sagen willst. Meistens sind es offene Hände im oberen Brustkorbbereich.

Die *Mimik* ist die Bewegung im Gesicht. Es macht Spaß, vor dem Spiegel auszuprobieren, welches Gesicht zu welcher Mitteilung gehört. Das muss unbedingt passen.

Stell dir vor, du sagst mit strahlendem Lächeln die Teilnahme an der Geburtstagsparty deiner besten Freundin ab. Sie würde verkehrt folgern, dass du dich freust, dass du nicht erscheinen musst.
Oder du verkündest deinen Freundinnen mit einer Trauermine, dass du ein Date mit dem netten Jungen aus der Parallelklasse hast. Logisch, das passt nicht. Deshalb achte auf die Mimik: freundlicher Blick, aufrichtiges Lächeln, ernste oder mitfühlende Mine – so wie es dran ist.

Manche komischen Angewohnheiten können sich einschleichen: auf die Lippen beißen oder ständiges Augenzwinkern, Stirn in Falten legen usw. Frage am besten einen ehrlichen Menschen, ob du solche Marotten hast.

3. Zum überzeugenden Auftreten gehört unbedingt der Blickkontakt.

Wer andere nicht anschauen kann, kommt nicht in einen wirklichen Kontakt. Über die Augen nehmen wir das Gespräch auf, das beginnt, noch bevor ein einziges Wort gefallen ist.

Du kannst es mal austesten und wirst sehen: Es macht richtig Spaß, sich mit den Augen zu unterhalten. Der Blickkontakt zeigt dem anderen: Ich habe an dir Interesse.

Wer Blick zeigt, stellt sich. Das ist eine Herausforderung.

Wer Blick zeigt, kann auch mehr sehen. Das ist eine große Chance!

Zum Nachdenken:
„Die Augen sind der Spiegel der Seele."

4. Was tun bei „Lampenfieber"?

Lampenfieber ist normal. Du kennst das auch: Nervosität, Aufregung oder fehlende Worte, hastiger Atem, rote Backen … Einfach die ganze Palette unangenehmer Begleiterscheinungen.

Wenn es mir richtig schlecht geht, muntert mich auf/hilft mir …

… wenn ich mit meiner Schwester über meine Probleme rede.
… wenn meine Freundinnen mir helfen.
… wenn ich Musik höre.
… dass mein Bruder die Gabe hat, mich immer zum Lachen zu bringen, wenn es mir schlecht geht.
… eine Shopping-Tour, danach geht es mir immer viel besser.
… meine Familie, sie muntert mich auf.

Es ist normal. Das gehört dazu. Das bestätigen sogar Leute, die ständig im Rampenlicht stehen. Aber es gibt dennoch supereinfache, wirkungsvolle Tipps dagegen.

Tipps gegen Lampenfieber

- Breitbeinig hinstehen.
- Langsam und tief durchatmen.
- Den Blickkontakt suchen.
  Lächeln!
- Eventuelle Antworten schon vorher überlegt haben.
- Sich sagen, dass der andere mich nicht fressen wird und es in der Regel gut mit mir meint.
- **Lächeln!**
- Aufrechte Haltung: Ich darf das als wertvolles Geschöpf Gottes!
- Ich darf so sein, wie ich bin: nämlich klasse!
- **Und nochmals lächeln!!!**

Angelika Rühle

Was ist nur wieder los mit mir?

Was verbindest du mit den Begriffen „Periode", „Fruchtbarkeit", „Empfängnis"?

Ein Thema, das wir lieber nicht ansprechen sollten?

Warum nicht?

Der Zyklus einer Frau (und Mädchen sind nun einmal weiblichen Geschlechts) gehört zu unserem (weiblichen) Leben dazu.

Oft fällt es uns nicht leicht, alles, was mit dem Zyklus, den Tagen, zu tun hat, zu akzeptieren.

Aber Gott hat uns Frauen so gewollt!

Er hat diese ganz besondere Fruchtbarkeit den Frauen gegeben.

Manchmal haben auch erwachsene Frauen noch Schwierigkeiten mit diesem Thema. Du bist also nicht allein!

Vielleicht habt ihr den Zyklus auch schon im Bio-Unterricht durchgekaut: Das Wissen, wann welches Hormon ausgeschüttet wird, was FSH (follikelstimulierendes Hormon) und LH (luteinisierendes Hormon) bedeutet, und das Durchleben des ca. 4-wöchigen Zyklus scheinen aber Mondjahre auseinanderzuliegen.

Klingt einfach, gelingt aber mal mehr und mal weniger gut: *Versuche, dich diesem von deinem Körper vorgegebenen Rhythmus anzupassen!*

Im ersten Teil des Zyklus (nach der Periode) bist du meist ziemlich fit und aktiv. Nütze diese Zeiten für anstrengende (planbare) Tätigkeiten.

Um den Eisprung herum kommt es bei manchen Frauen und Mädchen zum sogenannten „Mittelschmerz". Das kann von einem leichten Ziehen im Unterleib bis zu massiven Schmerzen gehen.

Wenn du nach deinem persönlichen Empfinden starke Schmerzen hast, dann sprich mit deinem Hausarzt oder einem Frauenarzt darüber. Vielleicht kann das der erste Anlass sein, zum ersten Mal bei einem Frauenarzt vorbeizuschauen.

- O Wenn es dir beim Gedanken an einen Frauenarztbesuch mulmig ist, dann ist das völlig normal (selbst erwachsene Frauen, die bereits Kinder haben, „lieben" diesen Arzttermin nicht unbedingt).
- O Wie wäre es, wenn deine Freundin und du zusammen dieses kleine Arztabenteuer besteht?
- O Evtl. magst du auch mit deiner Mutter zusammen gehen?

- Oder würdest du überall hingehen – nur nicht zum Frauenarzt deiner Mutter? Dann ist das auch in Ordnung!
- Ob du lieber zu einer Ärztin gehst oder zu einem Arzt, musst du für dich entscheiden, vielleicht auch ausprobieren.
- Ganz wichtig: Wenn dir der Arzt/die Ärztin nicht „liegt", dann versuche es bei einem anderen Arzt/einer anderen Ärztin. Gerade bei diesem Facharzt muss das Vertrauensverhältnis stimmen!

Der Mittelschmerz signalisiert, dass der Eisprung stattfindet. Um diesen Zeitpunkt herum befindest du dich in deinen „fruchtbaren" Tagen. Falls du ungeschützten Geschlechtsverkehr hättest, könntest du also schwanger werden.

Wärst du für ein Baby wirklich schon bereit? Könntest du dir vorstellen, die nächsten 20 Jahre für dieses Kind verantwortlich zu sein?

(Mehr zu diesem Thema findest du auf S. 110 im Artikel „Freundschaft, Liebe und noch mehr" sowie auf S. 114 im Artikel „Silver Ring Thing".)

Gegen Ende der zweiten Phase des Zyklus fühlst du dich vielleicht manchmal „seltsam": Mal könntest du heulen. Mal hättest du Lust, alles, was dir in die Finger kommt, im wahrsten Sinn des Wortes an die Wand zu klatschen. Mal fällt dir alles aus der Hand, du bist fahrig und nichts will gelingen.

Schon mal was von PMS gehört? Eine SMS schreibst du auf deinem Handy – PMS „schreibt" dir in deinem Leben scheinbar etwas vor.

Das *Prämenstruelle Syndrom (PMS)* ist bei Mädchen und Frauen unterschiedlich stark ausgebildet. Manche Mädchen oder Frauen spüren fast nichts davon: leichte

Gewichtszunahme, etwas unausgeglichene Stimmungslage.

Bei anderen Frauen „schlägt“ das Syndrom so richtig fett zu (s. oben). Wie es bei dir abläuft, liegt kaum in deiner Hand, aber du kannst „gegensteuern“.

Wenn du weißt, dass diese besonderen PMS-Tage vor dir liegen, dann versuche, planbare Termine nicht unbedingt in diese Zeit zu legen.
Das wird nicht immer klappen.
Kleiner Trost: Diese wenigen Tage (manchmal nur 1 Tag) gehen vorbei und dann geht es dir wieder besser.

Während der Periode (oder am ersten und zweiten Tag) möchten manche Mädchen nur ungern Sport machen, liegen lieber auf dem Sofa mit einer Wärmflasche auf dem Bauch.

Wenn dir danach ist, dann mach das!

Anderen Mädchen tut es gut, Sport zu machen, sich mit Freundinnen zu treffen etc. Auch hier gibt es kein Richtig oder Falsch.

Horch in dich hinein, was *du* tun möchtest!

Auch Tampon oder Binde sind persönliche „Geschmackssache“. Beide haben ihre Vor- und Nachteile (mit dem Tampon z.B. kannst du auch problemlos zum Schwimmen gehen, sie trocknen aber auch die Scheide aus). Lass dir Zeit, die für dich richtigen „Hilfsmittel“ zu finden. Vielleicht wechselst du auch je nach Periodentag oder Unternehmung ab?

Nach wenigen Tagen beginnt der Zyklus-Kreislauf wieder von vorn ... zwischen 23 und 35 Tage später ist in der Regel die nächste Periode dran.

Lästig? Möglich, aber je mehr du in Harmonie mit deinem Zyklus lebst, desto besser wirst du in diesen Rhythmus hineinfinden.

Vielleicht magst du ein Zyklustagebuch führen, in das du Eintragungen machen kannst: Periode, Körpertemperatur, Schmerzen, allg. Dinge, Besonderheiten … Vordrucke bekommst du bei vielen Frauenärzten, in Frauengesundheitszentren oder du entwirfst dein ganz persönliches Tagebuch am Computer.

Als Minimallösung bietet sich der Zykluskalender an. Den bekommst du gratis bei jedem Frauenarzt und oft auch in Apotheken. In ihn trägst du wie in einen Kalender deine Periode ein. So behältst du den Überblick und dein Arzt kann sich bei evtl. Unregelmäßigkeiten oder Erkrankungen ein Bild über deinen Zyklus machen.

Nicht vergessen: Unser Zyklus ist notwendig, damit die Menschheit nicht ausstirbt!

Lass es dir gut gehen – an allen Tagen!

Ute Mayer

Der coolste Witz …

… Eigentlich weiß ich alles … es stimmt nur nie! =)

… Die ideale Schule ist die geschlossene Schule!

… Der Unterschied zwischen der Schule und dem Irrenhaus ist die Telefonnummer.

… In der Schule komme ich mir vor wie auf der Polizeiwache. Ich werde dauernd gefragt und weiß von nichts!

… Die Schule hat keine Fehler, sie ist der Fehler.

… Mach es wie die Glühbirne, trag es mit Fassung!

Cool ist etwas anderes

Pferdemarkt in Leonberg. Ich bin mit einer Kollegin auf Streife, vor einer Kneipe versucht ein junger Mann, ein Mädchen zu stützen, das offensichtlich nicht mehr laufen kann. Schließlich kapituliert er und legt das Mädchen auf dem Gehweg ab. Als wir dazukommen, reagiert das Mädchen in einem Moment aggressiv, dann wieder gleichgültig. Wir helfen ihr auf, halten sie fest und suchen den Ausweis. Ein mitgeführtes Butterflymesser nehmen wir dabei ab. Sie ist vor Kurzem 18 Jahre alt geworden, das bedeutet für uns, dass wir die Eltern nicht verständigen, der junge Mann kümmert sich weiter um sie.

In der Kneipe werden billige hochprozentige Getränke angeboten. Komasaufen ist angesagt.

Der einzige Gewinner ist der Wirt. *Flatrate-Party* nennt man das. Bei einem einmaligen Eintrittspreis kann man trinken, so viel man will oder kann.

Am 28. März 2007 stirbt ein 16-jähriger Schüler nach einem Komasaufen in einer Berliner Kneipe. Nach 52 Gläsern hochprozentigem Tequila fällt er ins Koma und kämpft wochenlang mit dem Tod – vergeblich.

Aber nicht nur in der Großstadt begegnen wir diesem Phänomen. Bei Kontrollen von Faschingsfeten oder „Jugendkneipen" begegnen wir regelmäßig betrunkenen Jugendlichen. Im Park einer Kleinstadt steht eine Gruppe Jugendlicher. Eine Colaflasche kreist. Obwohl kein Alkohol zu sehen ist, wirken die Jungs und Mädels ziemlich „breit". Bei näherem Betrachten besteht die Cola zur Hälfte aus Wodka.

Peinlich, wenn sie dann von den Eltern auf der Polizeiwache abgeholt werden.

Meine 14-jährige Tochter kommt von der Geburtstagsparty einer Klassenkameradin nach Hause. Dort gab es nicht nur Wein und Bier, sondern auch Alkopops und Hochprozentiges nach Wahl. Bin froh, dass sie Nein sagen konnte. Wir Jungs haben es hier anscheinend etwas schwerer. Wir müssen uns beweisen und zeigen, was wir alles vertragen. Dabei sterben bei einem richtigen „Suff" ca. 10.000.000 Gehirnzellen unwiderruflich ab. Der Körper reagiert auf die zunehmende Alkoholvergiftung durch Erbrechen. Nur gegen den sich bereits im Blut befindlichen Alkohol kann er sich nicht wehren.

Woher weiß ich denn, wie viel ich vertrage? Ich muss es doch ausprobieren, oder etwa nicht? Bei mir war es bei einer Party in der Polizeikaserne. Ich war 17 und nach dem vierten Bier schlich ich mich davon. Hinter einem Gebüsch musste ich erbrechen. Mann, war mir das peinlich. Unter einem schönen Fest verstehe ich etwas anderes.

Nach Schätzung der Gesetzlichen Krankenkassen sind in Deutschland im Jahr 2003 rund 11.000 Jugendliche wegen Alkoholmissbrauchs mindestens einmal im Krankenhaus behandelt worden. Das durchschnittliche Alter des Erstkonsums von Alkohol liegt derzeit bei Kindern zwischen vier und neun Jahren! Ist das cool?

Wie kann ich den richtigen Umgang mit Alkohol lernen? Die Bibel gibt uns den Rat: „Betrinkt euch nicht mit Wein; sonst ruiniert ihr damit euer Leben." (Epheser 5,18) Damals gab es noch keine Alkopops, daher der Wein.

Der Staat verbietet zu deinem Schutz Bier und Wein unter 16 Jahren und Hochprozentiges (auch Mischgetränke wie Alkopops) unter 18 Jahren. An dir liegt es, stark zu sein und nicht dem Gruppendruck zu erliegen, wenn die Flasche kreist. Diese „Freunde" sind oftmals die Ersten, die über dich lachen und spotten, wenn du über der Kloschüssel hängst oder in eine ernsthafte Abhängigkeit gerätst. Echte Freunde wollen dein Bestes.

Aber wir wollen doch Spaß haben ... Bei unseren Pfadfinderveranstaltungen z. B. verzichten wir bewusst auf Alkohol und wir haben jede Menge Spaß!!!

Hilfestellung bieten übrigens Jugend- und Drogenberatungsstellen.
Weitere Infos: www.time4teen.de, www.royal-rangers.de

Eberhard Beulich

Lass es dir gut gehen

Ich war in der Schule eher der Sportmuffel. Wenn wir dreimal um die Schule joggen sollten, hab ich schon bei der ersten Straßenecke schlapp gemacht. Heute spiele ich Badminton, hab lange Bodycombat gemacht (ein Mix aus Kickboxing und Aerobic) und fahre Fahrrad, wenn mal die Sonne scheint.

Sport ist Mord, aber ansonsten auch hilfreich, um fit zu bleiben. Schließlich ist das Leben nur für Eintagsfliegen recht kurzlebig. Für uns Menschen dagegen ist das Leben kein Fünfzigmetersprint, wir dürfen einen Marathon laufen (ich meine im übertragenen Sinne, mir ist ehrlich gesagt schleierhaft, wie man sich freiwillig durch 42,5 Kilometer quälen kann, aber Freunde von mir tun sich das tatsächlich an). Und weil wir unseren Körper noch ein paar Jahre geschmeidig halten wollen, gehört die Pflege dazu.

Einen Marathon läuft man ganz anders als einen Sprint (haben mir meine Freunde erzählt). Da rennt man nicht los, so schnell man kann. Sondern man teilt sich die Kräfte ein, findet seinen Rhythmus und holt sich am Straßenrand halbe Bananen und Wasserrationen ab. Genauso macht es nicht so viel Sinn, im Leben wie Irre haltlos durch die Gegend zu rasen.

Im Buch Prediger redet die Bibel davon, dass „alles seine Zeit" hat (Prediger 3). In unser Leben gehören ganz unterschiedliche Dinge, es läuft nicht einseitig. Jesus (der Sohn Gottes, der immerhin Wunderkräfte hatte!) hat einen Rhythmus gelebt voller Action – Wunder, Heilen, Predigen, das volle Programm – und dann wieder Ruhepausen allein mit seinen Jüngern und Stillezeiten nur mit Gott, seinem Vater.

Ob unser persönlicher Rhythmus stimmt, merken unsere Freunde ziemlich schnell: Wenn wir auf jede Kleinigkeit genervt reagieren, dann nennt man das „unausgeglichen". Wir sind nicht ausgeglichen, nicht in der Balance. In Sprüche 14,29-30 steht dazu: „Wer seinen Zorn zügelt, besitzt viel Verstand; wer aber jähzornig ist, begeht große Dummheiten. Gelassenheit verlängert das Leben; Eifersucht aber zerstört es."

Anspannung und Entspannung

Manchmal lässt sich Einseitigkeit nicht verhindern. Wenn ein Haufen Schularbeiten ansteht, Klausuren geschrieben werden, die besten Freundinnen sich anzicken und im Teenkreis gerade volles Programm ist – da lässt sich manchmal nichts dagegen tun. Dann ist es gut, wenn man gelernt hat, die Ohren anzulegen und eine Weile durchzuhalten. Aber oft liegt es auch bei uns, eine neue Ausgeglichenheit zu schaffen. Nicht nur zu powern, sondern mal zu Hause zu bleiben. Nicht nur mit der Clique loszuziehen, sondern auch mal allein mit der Freundin zu quatschen. Nicht nur im Internet zu chatten, sondern mal aktiv werden, etwas wagen, Erfolge sehen, die das eigene Selbstbewusstsein stärken.

Das Geheimnis besteht aus Action und Entspannung, Power und Stille, Gemeinschaft und Alleinsein. Wie viel jedem davon guttut, wie viel jeder wovon braucht, das ist Typsache.

Stress ist …

… wenn man zu viele Termine auf einmal hat oder wenn man Hausaufgaben bekommt.
… der Alltag, Schule, Hausaufgaben, Lernen.
… wenn man Streit mit Freunden hat.
… wenn fünf Leute gleichzeitig etwas von dir wollen.

Manche sind die Schmetterlingstypen, die von Projekt zu Projekt fliegen, bei Menschen auftanken und immer Abwechslung brauchen. Andere sind die Katzentypen, die gern mal mit anderen zusammen sind, aber dann auch immer wieder ihre eigenen Wege gehen, eher allein arbeiten und sich auch mal die Sonne auf den Bauch scheinen lassen. Und andere sind wieder anders (wäre interessant, wie wohl ein Kakerlakentyp so drauf ist).

Es ist hilfreich und wichtig herauszufinden, was uns wirklich guttut. Wie man entspannen kann. Welchen Rhythmus man länger durchhält, um den Lebensmarathon laufen zu können. Das ist ein Teil davon, für sich selbst zu sorgen. Schwierig ist, sich nicht zu schnell mit anderen zu vergleichen.

Power tanken

Vermutlich bist du anders als deine Freundinnen. Hängemattenschlaf und Nutellabrote passen für fast alle. Aber in vielem unterscheiden wir uns doch. Finde nicht einfach entspannend, was alle tun, sondern spüre nach, was dir wirklich entspricht. Probiere Verschiedenes aus und achte darauf, ob du danach entspannter, gelassener, energiegeladener bist und was dich mehr Kraft kostet. Beides gehört zum Leben, es geht darum, einen lebbaren Mix zu finden. Und herauszufinden, wie wir neue Power tanken können.

Bist du gern allein, mit einer Freundin zusammen oder mit der ganzen Clique? Brauchst du eher Action oder eher Ruhe, um dich wirklich wohlzufühlen? In welcher Mischung? Tankst du besser auf, wenn du kreativ oder wenn du sportlich bist? Entspannst du bei Musik? Strengen dich Menschen an oder geben sie dir Energie?

Wenn wir wissen, was uns guttut, hilft uns das auch in unserer Beziehung zu Gott, weil wir herausfinden, wie wir ihn am liebsten anbeten (singend, in Briefen an ihn, mit andern ...), wie wir gewinnbringend in der Bibel lesen (morgens, abends, in kurzen Abschnitten oder in langen ...) und wie wir am liebsten mit ihm reden (in der Natur, in einer Gebetsecke, laut, leise ...).

Zu einem guten Rhythmus gehört der Körper genauso wie die Seele. Noch ein Spruch zum Schluss: „Freundliche Worte sind wie Honig: süß für die Seele und gesund für den Körper.“ (Sprüche 16,24) Die Bibel weiß, dass beides zusammengehört. Wenn es unserem Körper schlecht geht, drückt das auf die Seele und wenn unsere Seele aufblüht, wirkt sich das auf den Körper aus.

Finde deinen eigenen Rhythmus. Halte deinen Körper fit genug, sorge für deine Seele. Lebe volle Power und totale Entspannung. Denn ohne Leidenschaft bleibt unser Leben blass. Und ohne das für uns nötige Maß an Entspannung laufen wir heiß.

Zwölf Entspannungsideen, die es lohnen, ausprobiert zu werden:

Allein

- O Bei 70er-Jahre-Musik dein Zimmer pink streichen.
- O Blumentöpfe bunt anpinseln, Blumensamen kaufen und einpflanzen.
- O Ein Puzzle mit 10.000 Teilen puzzeln – und dann wieder von vorn.
- O Duftendes Badeöl kaufen und ein Super-Schaum-Vollbad nehmen.

Mit einer Freundin

- O Squash spielen und anschließend einen Eisbecher löffeln.
- O Ruderboot fahren und dabei Lobpreislieder schmettern.
- O Über den Flohmarkt bummeln und jemandem ein witziges Geschenk kaufen.
- O Im Internet Rezepte für Gesichtsmasken suchen und ausprobieren.

Mit der Clique

- O Eine Plakatwand mieten und einen fetten frommen Spruch sprayen.
- O Zusammen ein italienisches Fünf-Gänge-Menü kochen.
- O Auf dem Fußgängerweg der Autobahnbrücke frühstücken.
- O Lieblingshaarfarben kaufen und gegenseitig die Haare tönen.

Anja Schäfer

Bewusst genießen

Essen und Trinken sind Teile unseres Lebens. Ohne diese könnten wir nicht überleben, weil unser Körper auf Nährstoffe aus Lebensmitteln angewiesen ist. Welche Einstellung du zu deinem Körper hast und wie du die angebotenen Lebensmittel kombinierst, ist deine Entscheidung.

Wichtig ist, dass du dich wohlfühlst und dir nichts verbietest. Auch Süßes und Fastfood sind erlaubt, aber in Maßen.

Gummibärchen und Russisch Brot sind die fettarme Variante, aber teil es dir ein und genieß es. Anstatt zu Chips lieber zu Salzstangen greifen.

Der Körper hat die Eigenschaft, uns zu signalisieren, wenn er Bedürfnisse hat. Wir haben Hunger und Durst. Diese Bedürfnisse sollten bewusst wahrgenommen werden.

Werden die Bedürfnisse des Körpers nicht befriedigt, wehrt er sich. Bekommt er zu wenig Flüssigkeit, kann es zu eingeschränkter körperlicher und geistiger Leistungsfähigkeit kommen. Essen wir zu viel, ist Trägheit und Übergewicht die Folge. Kommen diese Extremsituationen selten vor, kann der Körper damit klarkommen. Wenn er allerdings regelmäßig zu viel oder zu wenig bekommt, kommt er damit nicht mehr klar.

Nehmen wir zu wenig Nahrung auf, kann der Körper nicht ausreichend mit lebensnotwendigen Nährstoffen versorgt werden. Alle Reserven werden aufgebraucht, das heißt, es wird auch Muskelmasse abgebaut. Die Muskeln verbrauchen Energie, auch wenn wir uns nicht bewegen, und sie sind der wichtigste körperliche Speicher von Eiweiß.

Um den Körper ausreichend zu versorgen, solltest du versuchen, dich ausgewogen zu ernähren. Anstatt Fastfood lieber Kartoffeln, Fisch, Gemüse, Obst, Nüsse, Vollkornprodukte und Hülsenfrüchte. Auch beim Fastfood gibt es bessere und schlechtere Entscheidungen. Sandwich ist eine gesunde Alternative zu Hamburger und Co., aber auch mit einem Cheeseburger und einem Salat kann man eine gute Wahl treffen. Pommes und Mayo sind die Fettbomben.

Fett ist zwar auch wichtig, allerdings gibt es verschiedene Arten von Fett und – auf die Dosierung kommt es an.

Einfacher Tipp: Fett in flüssiger Form ist immer besser als Fett in fester Form. Das heißt, Öl (z. B. im Salat) hat eine bessere Fettqualität als das Fett in Süßigkeiten (z. B. in Schokolade).

Deshalb musst du aber nicht auf Schokolade verzichten und Öl trinken. Gönn dir ruhig mal ein Stück Schokolade, aber genieß es auch richtig! Das Öl im Salat ist wichtig, aber trotzdem hilft es, wenn man es mit dem Löffel abmisst. 1-2 Esslöffel reichen.

Der hauptsächliche Flüssigkeitsbedarf sollte durch Tees, Saftschorlen und Wasser/Sprudel gedeckt werden.

Wenn du dazu neigst, bei Kummer oder Stress zu viel zu essen, versuch dich doch mal durch einen Spaziergang oder ein Telefonat mit einer Freundin abzulenken. Hilfreich kann es auch sein, alle Gedanken aufzuschreiben.

Treff dich doch mal mit Freundinnen, um zusammen was Leckeres zu kochen. Hier habe ich ein einfaches Drei-Gänge-Menü für ca. 4 Personen zusammengestellt, bei dem eurer Kreativität keine Grenzen gesetzt sind.

Bunter Salat

Salat:
½ grüner Salat
1 Tomate
1 Paprika
1 Karotte
¼ Gurke

Soße:
2 EL Wasser, 2 EL Essig
1 TL Senf
Salz und Pfeffer
frische/getrocknete Kräuter
1 EL Öl

Das Gemüse und den Salat waschen und in mundgerechte Stücke schneiden. Ihr könnt auch etwas weglassen oder etwas anderes dazutun. Für die Soße alles mischen, erst am Schluss das Öl dazugeben. Das Gemüse mit der Soße vermengen, aber erst kurz vor dem Essen mit dem grünen Salat vermischen.

Kartoffel-Gemüsepuffer mit Tomatensoße

Puffer:
700 g Kartoffeln
300 g Karotten
½–1 Zwiebel
1 Dose Mais
2 Eier, Mehl
Gewürze

Soße:
1 Päckchen passierte Tomaten
frische/tiefgekühlte Kräuter
Salz und Pfeffer
ein Schuss Sahne oder Milch
1 EL Gemüsebrühe

Die Kartoffeln und Karotten schälen und mit der Küchenmaschine (oder von Hand) raspeln. In einer Schüssel mit 2 Eiern und 5 EL Mehl mischen. Die Zwiebel klein schneiden und mit dem Mais (ihr könnt ihn auch weglassen) dazugeben. Mit Pfeffer und Salz würzen und bei Bedarf nochmals Mehl dazugeben, damit der Teig nicht flüssig ist. Ein Waffeleisen mit einem Pinsel einfetten und die Puffer darin ausbacken.

Für die Soße die passierten Tomaten in einen kleinen Topf geben. Erhitzen und alle weiteren Zutaten hinzufügen. Nur die Sahne kommt erst nach dem Aufkochen dazu.

Pudding mit Früchten

Aus ½ l Milch mit einem Päckchen Vanille- oder Schokopudding nach Anleitung einen Pudding kochen. In eine Schüssel Früchte nach Wahl geben. Frische oder tiefgekühlte Beeren (z. B. 300 g) passen gut, ihr könnt aber auch die Früchte nehmen, auf die ihr Lust habt.

Sarah Kersten

Weisheiten rund ums Essen

1. Ein Muss für jeden gesunden Body: **Genügend trinken!** Mindestens eineinhalb bis zwei Liter täglich. Das ist mehr, als du Durst hast. Am besten eignen sich Mineralwasser oder ungesüßter Tee.
2. **„Gut gekaut ist halb verdaut.“** Das alte Sprichwort besagt, dass es für den Magen und die optimale Verarbeitung der Nährstoffe wichtig ist, mindestens 20-mal jeden Bissen zu kauen.
3. Erst nach **zwanzig Minuten** meldet der Körper dem Kopf, dass die Sättigung erreicht ist. Deshalb lass es langsam angehen und **genieße die Mahlzeit langsam.** Wer zu schnell isst, kann davon ausgehen, dass er zu viel isst.

4. **Sei sparsam mit Salz!** Salz bindet das Wasser im Gewebe. Mit Kräutern und anderen Gewürzen kann man sehr abwechslungsreich würzen.

5. **Vorsicht mit Fett!** Es kommt auf die richtigen Fette bzw. Öle an. Z. B. Butter nur dünn aufstreichen.

6. Wie sieht es mit dem gesunden und **wichtigen Eiweiß** aus? Einmal in der Woche Fisch oder als Vegetarier genügend Sojaprodukte zu sich nehmen.

7. **Schutzschild Vitamine:** Um sich zu wappnen, braucht der Körper die Vitamine aus Obst und Gemüse. Sei hier nicht zu sparsam!

8. Beim Zubereiten von **Gemüse** achte auf eine schonende Weise: **Leicht gedünstet** statt verkochtem Matsch erhält die Vitamine und Mineralstoffe.

9. **Zucker liefert nur Kalorien** und leere Kohlenhydrate – dem Körper bringt es fast nichts. Deshalb alternativ Honig verwenden.

10. **Wertvolles Kalzium** für starke Knochen, kräftige Haare und schöne Haut: Milch und Milchprodukte.

Angelika Rühle

Kein Stress mit der Figur

Früher habe ich mich oft mit meiner Freundin verglichen und habe mich benachteiligt gefühlt, weil sie mehr essen konnte, ohne zuzunehmen. Der Grund dafür ist, dass es gute und schlechte „Futter-Verwerter“ gibt. Aus der angebotenen Nahrung holt mein Körper mehr raus als der meiner Freundin. Das war nicht einfach für mich. Ich habe aber erkannt, dass jeder Körper einzigartig und alles genau abgestimmt ist. Ich lerne, mit meinem Körper klarzukommen, so wie er ist. Es bringt nichts, wenn ich mir wünsche, wie meine Freundin oder ein Promi auszusehen.

Durch Bewegung an der frischen Luft versuche ich, meine überflüssige Energie abzubauen. Das tut nicht nur dem Körper gut, sondern auch der Seele.

Heutzutage wird einem durch die Medien eingetrichtert, dass Schönheit bedeutet, makellos zu sein, eine super Figur zu haben. Aber das ist nicht alles. Dein Charakter spielt auch eine Rolle und kann viel größere Auswirkungen auf deine Umwelt haben als dein Aussehen.

Stell dir vor, es gibt da zwei Mädchen in deiner Klasse. Die eine sieht super aus, aber sie ignoriert dich und regt sich ständig über alles auf. Die andere hat ein durchschnittliches Aussehen, aber sie begrüßt dich jeden Morgen freundlich und hilft dir, wenn du etwas nicht verstehst. Welche der beiden könntest du dir als Freundin vorstellen?

Entscheidend ist also nicht immer das Aussehen. Pflege dein Äußeres, zieh dir was Schönes an und gönn dir mal wieder ein duftendes, wohltuendes Bad, aber lass dich nicht von superschlanken Models beeinflussen, die du in Zeitschriften und im Fernsehen siehst.

Viele Mädchen fangen mit Diäten an, um Gewicht zu verlieren und dem Schlankheitsideal zu entsprechen. Bei (Hunger-)Diäten versucht der Körper, aus dem Angebotenen alles rauszuholen, und schraubt den Energieverbrauch runter. Essen wir danach wieder normal, versucht der Körper, für Notzeiten alles zu speichern. Die Pfunde sind schneller wieder drauf als runter. Dieses Phänomen wird Jo-Jo-Effekt genannt.

Aus diesem Grund rate ich von jeglichen Diäten und Abnehmpillen ab. Sie versprechen uns super Erfolge und wir sind enttäuscht, weil sie diese Versprechen nicht halten. Versuch doch anstelle von Abmagerungskuren, dich ausgewogen zu ernähren und dich zu bewegen.

Eine andere Möglichkeit der Gewichtsreduktion, vor allem bei Mädchen, sind Essstörungen. Eine Form ist die Magersucht, die sich durch starken Gewichtsverlust äußert. Hauptsächlich, indem man „fettmachende“ Speisen vermeidet. Bei Magersucht kann es sogar zum Ausbleiben der Periode kommen. Die Magersucht kann sich zur Bulimie (Ess-Brech-Sucht) entwickeln. Der Grund ist, dass sich der Verzicht auf manche Speisen in Heißhunger darauf verwandelt. Wenn die bestimmten Speisen gegessen wurden, treten Schuldgefühle auf. Mithilfe von Abführmitteln oder selbst herbeigeführtem Erbrechen wird der Körper daran gehindert, Nährstoffe aufzunehmen. Bei den „Fressattacken“ werden sehr große Mengen in relativ kurzer Zeit gegessen und danach wieder erbrochen. Das Erbrechen kann zu einer Verätzung der Speiseröhre führen und auch die Zähne leiden sehr unter der Säure.

Wenn du irgendwelche der genannten Anzeichen bei einer Freundin entdeckst, dann versuch doch mal, mit ihr darüber zu reden. In solchen Fällen kann auch Hilfe von außen hilfreich sein. Oft sind es nämlich psychische Faktoren, die zu Essstörungen führen. Zum Beispiel eine gestörte familiäre Beziehung oder auch belastende Lebensereignisse. Deshalb solltest du deine Freundin ermutigen, sich jemandem anzuvertrauen, weil du ihr vielleicht gar nicht helfen kannst.

Sarah Kersten

Family live

Entstresse den Alltag mit der Familie

Zuhause ist der Ort, der die meiste Sicherheit bietet.

Aber meistens gibt es richtig viel Stress in der eigenen Familie – und der kann schon richtig früh anfangen. Je nachdem, wie viele Familienmitglieder morgens wann aus dem Haus müssen und wie viele Badezimmer zur Verfügung stehen, kann es kleine Schlachten um Spiegel, Dusche oder Wasserhahn geben. Ich erinnere mich dunkel, dass ich in meiner Teeniezeit morgens immer dann fit wurde und ins Bad wollte, wenn ich meine Schwester auf dem Flur hörte, die sich gerade auf den Weg in eben jenes Zimmer machte. Da war dann gleich Stress auf beiden Seiten.

Falls du das in deiner Familie auch kennst, gibt es ein paar Dinge, die den Morgen schon ein wenig relaxter machen.

Vielleicht könnt ihr gemeinsam eine Art Fahrplan fürs Bad aushandeln. Überlegt gemeinsam, wer wann aus dem Haus muss, und teilt dann die Zeit realistisch und fair auf.

Wie lange brauchst du im Bad? Wie viele deiner Aktionen müssen direkt im Badezimmer sein? Du könntest dir z. B. in deinem Zimmer eine kleine Ecke einrichten (es muss nicht immer ein kompletter Frisiertisch sein ☺, ein Spiegel an der Wand und eine Ablagefläche reichen aus), in der du dich frisieren und schminken kannst. Überlege mal, ob du oder andere Familienmitglieder unbedingt morgens duschen müssen, das ginge doch auch zu einer anderen Tageszeit.

Ein Badbelegungsplan könnte so aussehen:
6.30–6.45 Uhr Papa
6.45–7.00 Uhr Madeleine
7.00–7.15 Uhr Mama
7.15–7.25 Uhr Liam

Was Spaß macht und richtig toll ist, wird sicher nicht von allen Familienmitgliedern gleich definiert. Deine Eltern stellen sich unter einem schönen Wochenende etwas anderes vor als du. Ein gemeinsames Sonntagsfrühstück, ausführliches Mittagessen, eine Wanderung oder einen Verwandtschaftsbesuch am Nachmittag. Und Sonntagabend früh ins Bett, um fit für die nächste Woche zu sein. Du möchtest aber am liebsten viel Zeit mit deinen Freunden verbringen, am Freitagabend und Samstagabend lange weggehen, Sonntag ausschlafen. Und jetzt?

Es ist ganz normal, dass die Vorstellungen auseinanderklaffen. Und es ist gut, dass du neue Welten entdeckst. Ein bisschen Stress lässt sich schon dadurch abbauen, dass ihr eure Pläne besprecht. Du darfst deine Wünsche äußern – und deine Eltern auch. Wann möchtest du weggehen? Mit wem? Wie lange?

Sei auf alle Fälle ehrlich. Wenn ihr Vereinbarungen getroffen habt, dann halte dich daran. Die Grenzen auszutesten, mag reizvoll erscheinen, aber es verletzt das Vertrauen der Eltern mehr, als dass es dir auf Dauer Freiheit bringt.

Wenn du mit deinen Eltern abgemacht hast, dass du zu einer bestimmten Uhrzeit daheim bist, dann sei auch da. Wenn du sagst, du triffst dich mit deinem Jugendkreis, dann erzähl deinen Eltern vorher, wenn du nach dem Jugendkreis noch deine Schulclique sehen willst.

Wenn du nicht einverstanden bist mit den Abmachungen, protestiere vor dem Weggehen.

Es ist auf alle Fälle gut, Orte und Zeitpunkte abzumachen.

Wenn es finanziell möglich ist, ist ein eingeschaltetes Handy von unermesslichem Wert. Damit haben deine Eltern die Sicherheit, dass du im Notfall erreichbar bist und dich in Notfällen melden kannst.

Dass deine Eltern dir nicht alles erlauben, bedeutet zwar die Einschränkung deiner Freiheit, heißt aber auch, dass sie sich um dich kümmern. Manche Eltern sind – im Vergleich gesehen – strenger als andere, manche sind lockerer.

Versuche, in deiner Familie einen Weg zu finden, mit dem du und deine Eltern leben können. Rede mit deinen Eltern über das, was du dir wünschst. Manchmal ist es schwierig zu reden, dann könnte ein Brief ganz sinnvoll sein.

Liebe Mama, lieber Papa!

Es ist mir wichtig, dass ihr versteht, warum ich am Samstagabend gerne weg bin. Ich finde, ich arbeite ganz schön viel in der Woche (Schule, Nebenjob) und ich brauche einfach ein bisschen unverplante Zeit, die ich mit meinen Freunden verbringen kann. Ich finde es schrecklich, dann immer auf die Uhr schielen zu müssen, ob es schon 22.00 Uhr ist. Oft wird es da erst richtig gemütlich. Könnte ich nicht einfach nächsten Samstag bei Anna übernachten, ihre Eltern würden uns auch abholen. Es ist nur der eine Abend und ich bin bestimmt fit für die Schule am Montag. Außer Anna sind noch Mark, Julia, Chantale und Simon dabei. Was meint ihr?

Eure Lisa

Verabrede mit deinen Eltern, wie lange du unter der Woche weg darfst und wie lange am Wochenende. Damit dich deine Eltern nicht immer abholen kommen, könnten sich die Eltern deines Freundeskreises abwechseln. Oder du kannst mit einer Freundin zusammen einen Bus oder ein Stadttaxi (in manchen Städten gibt es extra für Jugendliche Taxen) gemeinsam nutzen.

Und wie sieht das mit Partys aus?

Nicht immer ist das eigene Zuhause der beste Platz, eine Party zu feiern. Was ist, wenn die Eltern zu einer bestimmten Uhrzeit Ruhe erwarten? Wenn sie schon vorher ganz andere Vorstellungen vom Feiern haben als du? Eine richtig coole Lösung fanden meine Eltern anlässlich des 18. Geburtstags meines Bruders. Sie zogen für eine Nacht in ein Hotel in der Nachbarstadt, damit er mit seinen Freunden richtig feiern konnte. Sie verließen das Haus am Samstagabend und kamen erst Sonntagnachmittag zurück. Sie konnten in Ruhe schlafen, regten sich nicht über den Lärm auf und fanden am nächsten Tag ein wieder aufgeräumtes Zuhause vor. Mein Bruder konnte fett feiern, ohne Rücksicht nehmen zu müssen.

Partys in sturmfreier Bude überzeugen deine Eltern eher, wenn du dich auf ein paar Bedingungen einlässt, die deine Eltern entspannter das Feld räumen lassen. Du versprichst, dass nach der Party aufgeräumt und geputzt ist, dass keine Drogen konsumiert werden, Nachbarn nicht belästigt werden. Überlegt vorher, ob es Alkohol gibt. Wenn ja, wie viel.

Trotzdem sind nicht alle Eltern so kompromissbereit. Da gilt es, für Partys einen geeigneten Raum zu finden. Es gibt einige Möglichkeiten, die du dir gemeinsam mit Freundinnen durch den Kopf gehen lassen kannst und je nach Lage vor Ort einplanen kannst.

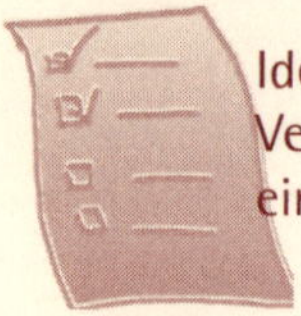

Ideen wären das Jugendhaus, Clubhaus, Gemeindehaus, Vereinshaus, Naturfreundehaus, eine Scheune, eine Garage, ein Häuschen auf einem Waldgrundstück, eine Grillhütte.

Es kann ganz nützlich sein, mit den Eltern abzusprechen, ob ihre Hilfe und Anwesenheit in der Vorbereitung erwünscht sind, du dich darüber freust. Überlege dir, wer wann wie von der Party abgeholt werden kann, ob du eine Party mit Übernachtung planst und wer dann wo schläft.

Gemeinsame Mahlzeiten

Auch wenn nicht jedes Essen mit der Familie ein Fest ist, tut es dir und den anderen Familienmitgliedern gut, solche schönen Momente zu genießen. Durch deinen sich verändernden Lebensstil (längere Schulzeiten, mehr Zeiten mit Freunden) hast du evtl. nicht mehr so viele regelmäßige Mahlzeiten zu Hause. Aber ab und zu finde ich es wichtig, als Familie gemeinsam ein Essen einzunehmen. Als Morgenmuffel finde ich gemeinsame Frühstücke nur am Wochenende gut – aber einen relativ festen Abendbrottermin fand ich sehr hilfreich. Wenn ein Familienmitglied einen wichtigen Termin hat, muss es nicht am gemeinsamen Abendbrot teilnehmen, aber sonst versuchen alle, da zu sein. Gestalte doch eine Mahlzeit in der Woche mal für deine Familie. Vielleicht hast du Lust, dir ein Motto zu überlegen und am Samstagabend italienisch oder chinesisch für alle zu kochen?

Pflichten?

In einer Familiengemeinschaft wohnen, heißt auch, die anfallende Arbeit aufzuteilen. Je älter du wirst, umso mehr Aufgaben kannst du mit übernehmen. Ich finde es sehr hilfreich, wenn klar abgesprochen wird, welche Bereiche wer macht. Es macht wahrscheinlich nicht immer Spaß, ist aber ein sehr wichtiger Beitrag, den du bringst.

<u>Eltern ...</u>

... wollen, dass ich gut in der Schule bin.
... unterstützen mich bei meinen Zukunftsplänen.
... sind sehr wichtig für mich.
... sind wundervolle Menschen, die einen lieben, erziehen und trösten.
... sind immer da, wenn man sie braucht, manchmal streng – aber ich bin glücklich, dass ich sie habe.

Neben den üblichen Putzjobs (dein Zimmer, das gemeinsame Bad, Treppe) gibt es Dinge, die du ausprobieren kannst (wenn sie in deiner Familie nicht sowieso schon gemeinsam erledigt werden). Z. B. könntest du anbieten, Wäsche zu waschen (oder es zu lernen), das Bügeln zu übernehmen, das Auto auszusaugen, Garten umzugraben etc.

Finde heraus, welche Tätigkeiten du auch mal freiwillig ausprobieren könntest. Und du musst nicht gleich alles perfekt können!

Wie du beim Lesen gemerkt hast, tauchen immer wieder die Worte „absprechen“, „planen“, „gemeinsam überlegen“ auf. Um in der Familie einigermaßen gut miteinander leben zu können, scheint mir das Wichtigste, miteinander zu reden. Das ist oft auch das Schwierigste! Natürlich tut es gut, auch mal über Probleme in der Familie mit anderen zu reden, aber es ist hilfreich, viel innerhalb der Familie zu kommunizieren. Es muss ja nicht immer das klassische Gespräch sein, du könntest z. B. auch eine Mail schreiben, eine SMS, einen kurzen Notizzettel, einen Brief.

Christine Faix

@Lydia ... deine Omi

@
Liebe Lydia,

es war ein schöner Tag mit Dir auf der Hochzeit Deiner älteren Freundin neulich. Du bist solch eine schöne junge Frau geworden und vor allem eine so liebenswürdige, fröhliche. Danke für Dein Vertrauen!

Du, ich habe aber noch ein Problem. Darf ich gleich damit kommen? Nämlich: Ich fand Dein neues Kleid richtig süß, aber mich hat es gestört, dass es so kurz war. Ein paar wenige Zentimeter mehr hätten mir besser gefallen. Und dann kam die Braut auch noch schulterfrei daher und ihre Schwester als Brautjungfer mit einem Kleid, wo einfach um die Taille herum ein Stück fehlte.

Also ehrlich, ich fand's unmöglich! So kommt man doch nicht in die Kirche!

Wie geht's denn Dir damit?

Liebe Grüße

Deine, ach so ehrliche, altmodische

Oma
@

@
Liebe Omi,

auch für mich war das Zusammensein mit Dir wieder schön. Obwohl Du so viel älter bist, wirkst Du auf mich fast wie eine Freundin. Deshalb bin ich jetzt auch ehrlich:

Was hast Du bloß noch für echt überholte Ansichten! So läuft doch heute jede rum! Das ist einfach „in"! Und mir gefällt's.

Übrigens – Dein Gott, von dem Du so gerne sprichst, der hat uns Girls doch so gemacht, oder? Und er will, dass wir Spaß haben – das hast Du selbst mal gesagt!

Also, cool down und gewöhne Dich dran!

Ganz liebe Grüße

Deine Lydia
@

@
Liebe Lydia!

Klar, Gott hat Euch alle zu schönen jungen Frauen gemacht und Ihr dürft Euch drüber freuen! Auch er freut sich über sein Meisterwerk, das kann ich mir nicht anders vorstellen. Aber – und jetzt spricht Deine Oma, die mal Religionslehrerin war – er will Euch auch schützen!

Jetzt will ich gleich sehr deutlich werden:

Seitdem Adam und Eva auf den Bösen hörten, hat sich der Blick der Menschen verzerrt. Aus dem bewundernden, liebevollen Blick füreinander wurde der Blick der Begierde, der den anderen Menschen besitzen, beherrschen und zum eigenen Vergnügen gebrauchen will. Deshalb gab Gott den ersten Menschen Felle, damit sie ihre Nacktheit bedecken können.

Nacktheit ist wunderschön und richtig innerhalb des Liebesspiels in einer Ehe, die auf Liebe und Treue aufgebaut ist. Doch in der Öffentlichkeit ist es klüger, seine Schönheit zu bedecken, meinst Du nicht auch? Man will sich als Frau doch nicht jedem anbieten, oder?

Und es gibt ja heute solch wunderschöne Möglichkeiten, sich zu kleiden!

Reicht das für heute?

Herzlich

Deine Oma
@

@
Hallo, Oma,

Du meinst also, wenn man bauchfrei rumläuft und einen weiten Ausschnitt hat, wenn man Stringtangas anhat und die Hose irgendwo auf Halbmast hängen hat, wenn die Miniröcke jedes Jahr noch kürzer werden – dann „biete man sich jedem an“? Was hast Du für eine Fantasie!

Das ist übertrieben, eben doch altmodisch! Wenn ich dran denke, wie die Leute früher Vergnügen fanden in für Männlein und Weiblein getrennten Badeanstalten mit langen Badeanzügen – da kann ich nur noch lachen über solche Verklemmtheit!

Also ich finde, jede muss selbst festlegen, was sie anziehen will.

Trotzdem herzlich

Deine Lydia
@

@
Liebe Lydia!

Stell Dir vor, ich war auch einmal so jung und unbeschwert (und unschuldig) wie Du! Deshalb verstehe ich Deine Reaktion sehr gut. Auch ich war mal empört, als mein Religionslehrer bei einem Fest die Bemerkung fallen ließ, dass manche Leute keine Grenzen kennen in ihrer Offenheit. Ich musste es auf mich beziehen, denn ich zeigte unter den anwesenden jungen Damen am meisten Haut. (Ich hatte das Oberteil meines Tanzstunden-Kleides selbst auf Spaghetti-Träger-Top verändert und fand es spitze so!) Auch ich dachte damals in meiner Naivität: „Was hat der bloß?"

Zwei Dinge veränderten im Laufe der Zeit meine Ansichten:

All das, was ich aus der Psychologie, aus den Medien, aus eigenem Erleben erfahren habe, wie aufreizend weibliche Nacktheit wirkt und inzwischen gezielt eingesetzt wird zu den perversesten Praktiken und zur Zerstörung nicht nur der Ehen und Familien, sondern der ganzen Gesellschaft, macht mich hellhörig, vorsichtig und manchmal wütend.

Deshalb fragte ich nach Gottes Ansichten auf diesem Gebiet, nach seinen Schöpfungsabsichten. Damit seine schönste Idee – dass Frau und Mann sich einander für immer und total in Liebe schenken können – nicht länger missbraucht wird.

Ich kann mich übrigens noch gut daran erinnern, wie ich mir eines Tages geschworen habe: „Ich will keinem Menschen Anlass zur Sünde sein!“ – und von da an nie mehr in die gemischte Sauna ging.

Und dann entdeckte ich auch, wie das „Verhüllen“ dazu beiträgt, das Geheimnis eines Menschen noch anziehender zu machen. Und wie Gewänder die Würde einer Person noch unterstreichen können.

Reicht das für heute?

Lass Dich drücken

von Deiner Oma
@

@
Liebste Oma,

was Du da alles angedeutet hast, das waren ein paar schwere Brocken, an denen ich noch zu kauen habe.

Doch nochmals ganz zurück: Warum hast Du in Deiner ersten Mail geschrieben: „So kommt man nicht in die Kirche!“ Das klang echt empört. Ich meine, in der Gesellschaft, die da beieinander war, wollte doch niemand einen anderen verführen! Das waren doch nur Familie und Freunde!

Zudem fand ich die Kleiderkontrollen vor dem Petersdom in Rom schon reichlich komisch und unnötig!

Deine Lydia
@

@
Liebe Lydia,

danke für die Frage! Bist ein kluges Mädel! Ja, diesen Aspekt möchte ich gerne noch beleuchten. Mir taten in Rom die jungen Männer leid, die den ganzen Tag schauen müssen, ob da jemand ein bisschen zu viel Blöße zeigt. Doch ich kann die Vorschrift verstehen, dass da nicht jeder mit Minishorts oder ohne Hemd im „Haus Gottes“ rumlaufen darf.

Mir fiel in der Bibel auf, dass der Petrus, als er beim Fischen war, zuerst sein Obergewand wieder anzog, bevor er in den See sprang, um Jesus entgegenzuschwimmen. Offensichtlich ein Zeichen von Achtung vor dem Heiligen. Die kommt auch zum Ausdruck bei den Kleidervorschriften für Priester im Alten Testament. Und zudem – Gott schenkt uns (symbolisch) das königliche Gewand der Reinheit und Freude, schon in der Taufe. Das sollten wir in Würde tragen. Wir sind Teil seiner Familie, jetzt schon. Und irgendwie erwarte ich, dass ich, wenn ich mal bei ihm sein darf und ihn sehen und anbeten, dass ich da ein schönes Gewand anhabe, lang, auf keinen Fall schulter- oder bauchfrei!

Übrigens, die Orientalen bedecken sich, wenn es heiß ist. Warum meinen wir, dass wir überall möglichst braun werden müssen? Hast Du das schon mal überlegt?

Zuallerletzt: Lass Dir's vom Herrn zeigen, ob und wie Du ihm gefällst! Ihm musst Du gefallen, nicht mir!

Ich hab Dich ganz arg lieb, Lydia!

Deine Oma
@

Margarete Dennenmoser

Mein liebes Schwesterlein

Das Leben mit Geschwistern ist nicht immer einfach. Meistens denkt man selbst, dass man zu kurz kommt und dass die anderen Geschwister mehr dürfen als man selbst. Das ist bei Bruder und Schwester natürlich auch so. Und manchmal verliert man im Trubel des Alltags und des Streitens den Überblick, weil man so in seiner Rolle gefangen ist. Da tut es gut, sich mal etwas Zeit zu nehmen und vielleicht mal einen Brief zu schreiben. Ich habe einfach mal einen Brief an meine Schwester geschrieben, deiner kann ganz ähnlich aussehen oder ganz anders, wie du willst.

Liebe Sarah,

ich glaub, ich hab Dir noch nie einen Brief geschrieben und ich komme mir auch ein bisschen blöd vor. Aber irgendwie hatten wir in den letzten Wochen ja ziemlich viel Streit miteinander und ich weiß manchmal selbst nicht, warum. Aber manchmal regst Du mich fürchterlich auf (und ich Dich wahrscheinlich auch ☺) und dann kann ich irgendwie nicht anders. Egal, ich wollte Dir eigentlich nur kurz sagen, dass es mir leidtut, dass ich Dich so beschimpft habe, und ich es nicht so gemeint habe. Eigentlich finde ich Dich echt super und Du kannst toll singen, vielleicht solltest Du mal bei DSDS mitmachen, ich würde da auf alle Fälle ganz oft für Dich anrufen und wenn der Bohlen einen blöden Spruch über Dich machen würde, würde ich es ihm schon zeigen. Ganz bestimmt. Egal, wahrscheinlich hast Du dazu gar keine Lust. Aber vielleicht könnten wir ja mal wieder was zusammen machen, ich meine nur wir beide, haben wir, glaube ich, schon ewig nicht mehr gemacht. Was denkst Du? Hast Du Lust?

Liebe Grüße,
Tobias

Schreibe deinem Bruder doch mal einen Brief. Schreib ihm einfach mal, was du gut findest an ihm und was du vielleicht mal gerne mit ihm machen würdest!

Noch ein paar Fragen zu deinem Bruder:

- Worüber streitet ihr euch am meisten?
- Welche Rolle habt ihr beim Streiten (Wer fängt immer an? Wer brüllt am lautesten? Wer rennt dann weg? ...)
- Was würdest du deinem Bruder zum Abschied sagen, wenn er für ein Jahr verreisen würde?

PS.: Falls du keinen Bruder, aber eine Schwester hast, dann funktioniert dieser „Brief" natürlich ebenfalls. Versuche es einfach – auch wenn du deine Schwester vielleicht nervig oder zickig findest.

Tobias Faix

Friends

Die beste Freundin

Die beste Freundin ist fürs Leben mindestens so wichtig wie der Lieblingssessel, in den man sich immer wieder zurückziehen oder fallen lassen kann. Sie ist nicht nur mindestens so wichtig – sie hat auch gewisse Ähnlichkeiten.

Von Sesseln und Freundinnen

Ein Lieblingssessel ist erst einmal weich und bequem – da drückt nichts, da bohrt sich keine harte Lehne ins Kreuz. Da kann man sich in der Haltung niederlassen, die einem guttut. Genauso ist es bei der besten Freundin: Man kann zu ihr kommen, wie man ist, und man kann sich erst einmal fallen lassen.

Man fällt weich – nämlich in die Samtkissen ihrer Liebe und ihres Verständnisses. Bei der besten Freundin muss man sich nicht „zusammenreißen“ wie bei Fremden oder in der Schule, sondern da gilt: „Hier bin ich Mensch, hier darf ich sein“ – nämlich so sein, wie ich (jetzt gerade) bin, und so, wie mir im Moment zumute ist. Die beste Freundin muss auch – genau wie der Lieblingssessel – nicht besonders schick oder modern sein, sie muss nicht wie aus dem Ei gepellt dastehen, sondern was zählt, ist ihr zuverlässiges Dasein für dich, wenn du sie brauchst.

Ein guter Sessel hat natürlich auch eine Form, und diese Form gibt dem Körper so etwas wie Halt – man fühlt sich auf angenehme Weise gestützt, aber nicht eingeengt. Auch das hat der Sessel mit der besten Freundin gemeinsam. Sie gibt dir Halt, sie umschließt dich mit ihrer Wärme – aber sie schnürt dir nichts ab. Sie engt dich nicht ein.

Zum Glück kein Möbelstück

Doch zu den wichtigsten Vorzügen einer Freundin gehört – und damit kommen wir zu den Punkten, die sie von einem Möbelstück eindeutig unterscheiden –, dass wir mit ihr reden können. Denn im Unterschied zu vielen Jungs ist es für die meisten Mädchen lebenswichtig, ihre Gedanken, Gefühle, Erlebnisse und Probleme mit jemandem zu besprechen. Aussprechen, was einen bewegt – das ist schon ein Stück Abladen. Es ist aber darüber hinaus auch ein Stück Bewusstwerden – sobald ich einem anderen Menschen mitteilen möchte, was in mir vorgeht, muss ich mir darüber auch selbst klarer werden. Was auch schon eine Hilfe ist! Zudem genießen Mädchen und Frauen in der Freundschaft das Gefühl des Verstandenwerdens, des Miteinander-Teilens von Leben und vor allem von Innenleben. Man erfährt dabei Anteilnahme, Trost, Unterstützung, eventuell auch gute Ratschläge, neue Ideen … – kurzum, die beste

Freundschaft bedeutet für mich …

- … Alles! Das Wichtigste für mich im Leben!
- … Treue, füreinander da sein, Spaß haben …
- … für jemanden da sein.
- … mit jemandem reden können.
- … jemanden zu haben, mit dem ich durch dick und dünn gehen kann, jemanden, der mit einem lacht, spielt, Mist baut und einen unterstützt.
- … immer füreinander da sein, jemanden zum Reden haben, Spaß haben, nicht alleine sein.

Freundin ist immer auch die Vertraute, bei der man sein Herz ausschütten darf.

Natürlich gehören zu einer guten Freundschaft auch gemeinsame Interessen und Aktivitäten. Das verbindet, das schafft gemeinsame Erlebnisse, die wiederum für interessanten Gesprächsstoff sorgen.

Dabei ist es wichtig, keine Neidgefühle aufkommen zu lassen, wenn der einen mal was besser gelingt, sie auf mehr Interesse bei anderen stößt usw. Neid ist nämlich der Tod jeder Freundschaft, genauso wie Unzuverlässigkeit und Lügen (auch wenn sie gut gemeint waren und den anderen nur schonen sollten!!).

Wie Freundschaften gelingen können

Leider scheitern an diesen Klippen viele Freundschaften, sodass man sagen kann: Um eine Freundschaft durchzuhalten, braucht man auch eine gewisse Bereitschaft, an sich selbst zu arbeiten. Denn eines sollte man der besten Freundin auf alle Fälle auch zugestehen: dass sie Kritik üben darf. Natürlich macht hier der Ton die Musik und natürlich muss ich nicht jede Kritik unwidersprochen hinnehmen – aber grundsätzlich würde ich es einer guten Freundin immer zugestehen, dass sie mir auch eine kritische Rückmeldung gibt, beispielsweise auf meine Frage: „Wie findest du meine neue Frisur?“ Wenn ich auf ihre ehrliche Antwort „Na ja, die alte hat mir besser gefallen.“ beleidigt reagiere, ist dies der Anfang vom Ende – nämlich vom Ende der Offenheit und des Vertrauens. Wieso sollte die Freundin mir weiterhin aufrichtig ihre Meinung sagen, wenn sie damit rechnen muss, dass ich wütend oder eingeschnappt reagiere und sie womöglich meinerseits kritisiere („Du hast auch an allem was zu meckern!!“)?

Doch ich würde sogar noch weiter gehen: Einer Freundin würde ich auch das Recht zugestehen, mich *ungefragt* zu kritisieren, beispielsweise indem sie mir sagt: „Es stört mich, dass du zu unseren Verabredungen so oft zu spät kommst.“ – um ein relativ harmloses Beispiel zu nennen. Doch selbst meine Charaktereigenschaften dürfte sie kritisch hinterfragen („Ich hab den Eindruck, dass du schlecht verlieren kannst, kann das sein?“), und ich würde mich bemühen, ihre Offenheit positiv zu sehen.

Auf jeden Fall haben Wissenschaftler festgestellt: Wer gute Freunde hat, besitzt ein höheres Selbstbewusstsein und empfindet mehr Lebensfreude als Menschen, die keine offenen und vertrauensvollen Freundschaften pflegen.

Freundschaften sind wie schöne Gärten:

- Sie müssen ständig gepflegt werden, sonst wächst immer mehr Unkraut.
- Etwas darin ist immer in Veränderung, denn nur Totes ist unveränderlich.
- Je mehr Zeit, Fantasie und Liebe investiert wird, desto beglückender und kostbarer – aber auch desto einzigartiger – ist der Garten bzw. die Freundschaft.
- Ein Garten braucht ein liebendes und wachsames Auge, sonst geht allzu leicht etwas kaputt oder verkümmert – eine Freundschaft auch.
- Jeder Garten ist auf seine Weise einzigartig und unverwechselbar – jede Freundschaft auch.

Beate Weingardt

Umgang mit Nervensägen

Wahrscheinlich schockt dich, was ich jetzt sage: Nervensägen wirst du nicht los, sie werden dich dein ganzes Leben lang begleiten.

Natürlich sind es nicht immer dieselben. Der Lehrer, der dich so frustet, wird vielleicht irgendwann durch einen Chef ausgetauscht. Aber grundsätzlich findest du Nervensägen immer und überall, sogar in der Kirche. (Aber das weißt du sicher schon!)

Die Frage ist: Wie hält man das Leben mit Nervensägen aus?

Zwei Punkte zum Weiterdenken:

1. Es gibt subjektive Nervensägen

Dass heißt, es kann sein, das dir jemand völlig auf den Keks geht, den andere Leute sehr nett finden. Deshalb ist es gut, wenn du dir einen Moment Zeit nimmst, um herauszufinden, warum dir jemand auf den Zeiger geht. Was führt dazu, dass wir einen Menschen unsympathisch finden?

Das kann daran liegen, dass diese Person *ganz anders* ist als du. Nehmen wir an, du gehörst zu den „vernünftigen" Mädchen. Zu denen, die es hassen, dummes Zeug zu reden. Zu denen, die ernsthaft nachdenken, bevor sie etwas sagen, und die es furchtbar finden, im Mittelpunkt zu stehen. Dann ist der weibliche Klassenclown vielleicht deine Lieblingsfeindin. Was du nicht willst, das hat sie – und sie kommt damit auch noch an. Du dagegen würdest ihr jedes

Mal, wenn sie im Unterricht so albern kichert, am liebsten den nassen Tafelschwamm ins Gesicht schmeißen.

Vielleicht bist du aber diejenige, die ständig im Mittelpunkt steht. Du bist eben unterhaltsam und deine Geschichten kommen gut an. Doch deine ernsthafte, kluge Mitschülerin nervt dich ohne Ende. Wenn Rat gebraucht wird, kommt keiner zu dir, immer fragen sie nur diese dumme Pute …

Es kann auch sein, dass du eine Person nervig findest, die dir *ganz ähnlich* ist. Ein Klassenclown findet andere Klassenclowns oft furchtbar. An dem Gegenüber kann man nämlich alles, was an solchen Typen negativ ist, sehr viel deutlicher sehen als bei sich selbst.

Solche „Spiegel" stellen dich plötzlich infrage. Aber wer will sich schon gerne mit der Überlegung befassen, ob er vielleicht selbst eine Nervensäge ist? Da ist es doch einfacher, den anderen unter „blöd" abzuhaken und ihm nicht zu nahe zu kommen, oder? Außerdem gibt es unter ähnlichen Typen natürlich viel eher Konkurrenzkampf um die Dinge, die man gut kann.

> Wer mit etwas glänzen kann, kommt leicht in die Versuchung, ganz alleine leuchten zu wollen.

Dann kann es auch noch sein, dass du jemand unsympathisch findest, der *dich erinnert.* Die neue Kunstlehrerin zum Beispiel – du hast sie einmal gesehen und sie war gleich bei dir untendurch. Sie trägt genau solche peinlichen Flatterkleider wie deine Tante Beate. Die hat sich immer auf dich gestürzt, als du noch klein warst und dich gnadenlos abgeschmatzt. Irgendwie ist dieses eklige Gefühl wieder da, wenn du deine neue Lehrerin anschaust – und sie redet auch noch so geschwollen wie deine Tante!

Wenn du jemanden in eine Schublade steckst, weil er dich erinnert, ist das aber nicht wirklich klug, oder? Das hat ne Menge mit Vorurteilen zu tun und ist echt unfair.

Wenn dir also ein Mensch total auf den Wecker geht, ist es möglich, dass das Problem bei dir liegt. Er könnte dunkle Seiten in dir anticken: Neid, Konkurrenzdenken, Vorurteile. Dann kann es gut sein, dass diese Person nicht mehr an deinen Nerven sägt, sobald du offen und freundlich auf sie zugehst. Warum versuchst du das nicht bei nächster Gelegenheit?

2. Es gibt objektive Nervensägen

Die sitzen in fast jeder Klasse. Das sind die, mit denen keiner etwas zu tun haben möchte. Ich denke, der Zachäus aus der Bibel war auch so eine objektive Nervensäge. Von seinen Mitbürgern konnte den niemand leiden, schließlich betrog er alle nach Strich und Faden und hatte dabei auch noch die ungeliebten römischen Herrscher auf seiner Seite. Wer sich mit Zachäus blicken ließ, konnte sicher sein, dass ihm sonst keine Freunde mehr blieben. Diese Angst hast du bestimmt auch, wenn es um eure Klassennervensäge geht, oder? Und deshalb schneidest du sie genauso wie die anderen es auch tun?

Jesus hat ganz anders gehandelt. Er holte diesen unbeliebten Zöllner raus aus seiner Isolation und gab ihm damit die Chance aufzublühen. Zachäus wurde zu einem geachteten Mitglied der Gemeinschaft, weil einer da war, der ihn nicht verachtet hat, der ihm sogar etwas zugetraut hat.

Du hast recht, wenn du sagst, dass du nicht Jesus bist. Ein freundlicher Umgang mit objektiven Nervensägen kann dir aber helfen, ihm ähnlicher zu werden. Versuch es doch mal!

Wie hält man also Nervensägen jeder Art aus? Indem man ihnen freundlich begegnet. Das bedeutet nicht, alles an ihnen zu schlucken, was nicht in Ordnung ist. Jesus hat auch immer gesagt, was ihm nicht gefiel. Aber ihn hat nie Verachtung getrieben oder Wut, sondern der Wunsch, auch den größten Nervensägen auf einen guten Weg zu helfen.

Annekatrin Warnke

Das andere Ende der Welt

Désirée lebt in Taiwan. Ihre Eltern sind aus beruflichen Gründen dort.
Mit ihrer Schwester besucht Désirée die Schule vor Ort und erzählt von ihrem anderen Alltag in einem asiatischen Land bzw. über Mädchen in Taiwan:

Schule

Angewidert starrt meine beste Freundin ihren Erdkundetest an. „Eine B-Note?“, bringt sie nach einiger Zeit erschrocken hervor. „O mein Gott, da sterbe ich lieber!“

Eine B-Note ist etwa dasselbe wie eine deutsche 2. Für die meisten westlichen Schüler wäre das schon gut genug. Für chinesische Mädchen aber ist der Unterschied zwischen „gut“ und „sehr gut“ wesentlich größer – und einigen ist alles unter der A-Note nichts mehr wert.

In vielen traditionellen chinesischen Familien werden Jungen höher als Mädchen geschätzt und bekommen automatisch einen hohen sozialen Platz. Mädchen müssen sich dagegen mit guten Noten hochkämpfen. Die Eltern erwarten gute Abschlüsse und drängen ihre Töchter zu harter Arbeit in der Schule. Schon im Kindergarten müssen chinesische Kinder wie in der Schule lernen. Sonntags ist es in der Kinderkirche genau dasselbe: Die Kinder müssen sogar Hausaufgaben machen!

Die Konkurrenz spielt beim Lernen eine große Rolle. In den meisten Schulen werden Listen erstellt, in denen alle Schüler in einer Rangliste nach Leistung erfasst sind. Jede möchte die Beste sein. In europäischen Schulen ist es normalerweise andersrum: Die Streber werden ausgelacht. In Ostasien aber ist es für weniger gute Schüler oft sehr schwierig aufzuholen. Eine Klassenkameradin von mir erzählte, dass z.B. in Malaysia nur wahre Streber eine Prüfung bestehen können. Diese verbringen ihre Zeit ausschließlich mit Lernen, unterhalten sich nie mit anderen, strengen sich Tag und Nacht zur Vorbereitung an.

Friends & Freizeit

Kichernde Schülerinnen mit Kniesocken und kurzen Uniform-Röcken stillen ihren abendlichen Durst. Durch einen breiten Strohhalm schlürfen sie braune Glubberkugeln aus ihrem Milchtee heraus.

Obwohl chinesische Mädchen oft viel mehr Hausaufgaben bekommen als Mädchen im Westen, bedeutet das nicht, dass sie am Abend nach der Schule nicht auch etwas zusammen unternehmen. Shoppen ist für asiatische Mädchen eine Lieblingsbeschäftigung. Da in Ostasien die Läden oft 24 Stunden geöffnet haben und ganze Märkte erst abends öffnen, gibt es dazu Zeit genug – Chinesen sind nämlich oft Nachtmenschen. Viele meiner Mitschülerinnen staunen darüber, dass meine 14-jährige Schwester um neun Uhr ins Bett geht und nicht um Mitternacht!

Nach der Ganztagsschule fahren Schülerinnen oft zusammen mit dem Stadtbus, doch statt sofort heimzugehen, fahren sie oft zuerst zum Nachtmarkt, wo sie auf der Straße etwas essen, Milchtee trinken und billige Kleider kaufen können. Dort gibt es auch Buden, wo man mit den Freundinnen zusammen kleine Fotos machen und dekorieren kann – diese japanische Erfindung ist überall in der chinesischen Welt sehr beliebt.

Eine andere Attraktion der Stadt sind die Spielhallen. Selten gewinnt man aus den Glasvitrinen ein Plüschtier oder einen süßen Anhänger, aber Spaß macht es trotzdem!

Am Wochenende treffen sich Mädchen auch gerne, um zusammen in der Stadt einkaufen zu gehen, denn die Läden sind auch samstags und sonntags bis spät göffnet. Am Wochenende ist auch genug Zeit vorhanden, um ein Kino zu besuchen. In Asien laufen oft dieselben Filme wie in Europa und Amerika, meistens in der Original-Sprache (mit chinesischen Untertiteln).

Heim & Familie

Am Fernseher läuft eine sehr dramatische chinesische Seifenoper, die sich niemand ansieht. Der Sohn, gerade von der Schule heimgekommen, sitzt im Wohnzimmer und isst Nudelsuppe. Die kleine Schwester spielt ein Computerspiel, während die ältere Tochter am Esstisch Matheaufgaben zu machen versucht.

In einem chinesischen Haus geschehen normalerweise mehrere Dinge zur gleichen Zeit, doch bei den Hausaufgaben scheint es nicht zu stören.

Die typische chinesische Wohnung ist klein, mit kleinen Schlafzimmern und einem größeren Wohn- und Esszimmer. Die Haustür führt normalerweise direkt in das Wohnzimmer; in älteren Gebäuden fällt man fast direkt in die Küche. Drinnen werden keine Schuhe getragen, sondern höchstens Hauspantoffeln, da die Straßen in der Stadt sehr schmutzig sind.

Einige Mädchen helfen zu Hause bei der Hausarbeit, weil die Mutter arbeiten muss. Doch die meisten verbringen ihre Zeit viel lieber draußen mit ihren Freundinnen. Selbst wenn sie zu Hause sind, werden sie oft etwas alleine unternehmen. Viele Chinesen sind sehr individualistisch, und obwohl die Familie für sie eine wichtige Rolle spielt, geschieht im Haus nicht immer alles zusammen. Am Wochenende aber unternehmen Familien oft zusammen Ausflüge; manchmal kommt da die ganze Verwandtschaft mit.

Désirée Dippenaar (16 Jahre)

Um Himmels willen

Girls4God

Ermutigungswebsite für Girls!

Girls4God.de ist eine Ermutigungs-Website für Girls. Das Herzstück der Internetseite ist die Ermutigungsecke mit ermutigenden Texten, Gedichten, Bildern, Messages und Statements von jungen Frauen, Big Sistas (Frauen ab 30), Männern und Ehepaaren.

Außerdem kann man sein Foto in der Princess-Galerie veröffentlichen, weil eben jede Prinzessin Gottes einzigartig und schön gemacht wurde und weil sie es wert ist, gesehen zu werden.

Zur interaktiven Beteiligung gibt es ein Forum und die Möglichkeit, den monatlichen E-Mail-Princess-Letter mit purer Ermutigung zu abonnieren.

Girls4God setzt einen Gegenpol zu den Maßstäben unserer Gesellschaft, zum unrealistischen Schönheitsideal, zum zerstörerischen Leistungsdenken und zu allen Ansprüchen, unter denen wir uns oft wie erdrückt fühlen.

Wir setzen einen Gegentrend mit www.Girls4God.de!

Die Entstehung

Im Jahr 2003 hat mir Gott einen Text geschenkt. Der Text war wie sein Liebesbrief an die Girls. Ich habe einfach losgeschrieben. Es floss einfach!

Der Hauptgedanke des Textes war, dass wir Girls/Frauen in Gottes Augen Prinzessinnen sind. Die Krone steht dabei für den *Wert* und die *Würde*, die uns Gott als seinen Töchtern verliehen hat.

Um diesen Text wurde die Website Girls4God.de aufgebaut. Das Design hat sich verändert und wir haben innerhalb von drei Jahren über 100.000 Flyer deutschlandweit und weltweit in Umlauf gebracht.

Wir hatten den Eindruck, dass Gott von Anfang an hinter diesem Projekt steht. Wir haben Unterstützung gefunden und bekommen so alle Kosten, die für die Erhaltung und Werbung der Seite anfallen, gesponsert.

Aus einer kleinen Idee ist etwas ganz Großes geworden und mein Traum ist eine internationale Bewegung, die Girls auf kreative, zeitgemäße Weise zeigt, wie wertvoll sie sind und dass nur einer das Recht hat, ihnen Wert zu verleihen:

King Jesus persönlich!

Die Message

Die Message findet sich auf dem ersten Flyer wieder:

In Gottes Augen bist DU eine Prinzessin,
du bist geliebt, gewollt, wertvoll
& wunderbar gemacht.

Diese Worte lesen sich leicht und man kann sie an andere weitergeben, aber sie machen erst dann einen Unterschied, wenn sie wirklich „ins Herz“ rutschen.

Der Weg vom Verstand ins Herz kann manchmal Jahre dauern. Aber es lohnt sich wie nichts anderes, weil wir dabei den kennenlernen, der uns geschaffen und einen Plan für unser Leben hat. Er ist die *Liebe* in Person, nach der wir uns alle sehnen.

Dabei nimmt uns Gott an die Hand und zeigt uns, wer er ist und dass er ein Vater ist, der uns liebt – selbstlos und völlig ohne jede Bedingung, Erwartung und Gegenleistung!

Diese Liebe ist der einzige sichere Grund, auf den wir unser „Lebenshaus“ bauen können. Sie bleibt ewig bestehen, weil Gott persönlich diese Liebe ist.

Die Idee

Girls4God soll wie ein Garten sein, in dem Blumen Raum finden aufzublühen, in ihrer ganzen Schönheit, einzigartig, wie sie geschaffen wurden.

Jedes Girl ist in Gottes Augen eine Blume, die dazu geschaffen wurde, für ihn zu blühen. Wenn wir anfangen zu entdecken, wer Gott wirklich ist und welchen Schatz er in unser Leben gelegt hat, dann verändert sich alles, wir checken, wie reich uns Gott beschenkt hat, und können seine Schätze an andere weitergeben.

Girls4God soll Girls die Möglichkeit geben, ihre eigenen Gaben zu entdecken und einzubringen, um wieder andere zu ermutigen.

Die CD

Wir haben eine Ermutigungs-CD für Girls produziert, die F. L. Y.-CD.

FLY steht für Father loves You (= Vater liebt dich) und soll durch HipHop, Balladen, vorgelesene Texte und rockigere Töne vermitteln, wie groß die Liebe von unserem Papa im Himmel für seine Töchter ist.

Das Besondere ist, dass die CD kostenlos aus dem Internet heruntergeladen und bedenkenlos vervielfältigt werden kann: www.Fly-CD.de !

Die Vision

Ermutigung, Heilung und Freisetzung einer jungen Generation von Frauen.

Wir wollen *ermutigen*, mitten im Dschungel von verdrehten Werten und Medienchaos, den eigenen Wert in Gottes bedingungsloser Liebe zu suchen und zu finden. Das Leben ist oft kompliziert und verletzend. Gott möchte alle unsere Wunden *heilen* und uns *frei* machen, damit wir in seinen für uns wie maßgeschneiderten Plan für unser Leben einsteigen, erfüllt leben und glücklich sind, weil er es so gut mit uns meint.

Girls4God und du?

Du kannst mitmachen. Melde dich im Forum an und tausche dich mit anderen Prinzessinnen Gottes aus, schicke uns deine Gedichte, Texte und Bilder oder dein Foto für die Princess-Galerie zu.

Wenn du aber dort, wo du bist, anfängst zu checken, wie wertvoll Gott dich gemacht hat, dann wirst du deine ganze Umgebung mit Gottes Liebe verändern und eine sein, die Kronen an andere verteilt und ihnen ihren Wert zeigt.

So wird die Welt mit Gottes Liebe überschwemmt ...

Die Flyer könnt ihr kostenlos unter info@Girls4God.de bestellen!

Annika Lampmann

Glauben – was bringt's?

Wenn dich heute jemand fragt: „Was macht das Leben lebenswert?" Was würdest du dann antworten? Vielleicht sind es die kleinen, ganz alltäglichen Dinge, die dir in den Sinn kommen – z. B. mit deiner besten Freundin shoppen gehen oder in der Sonne liegen und ein spannendes Buch lesen.

Du kannst ja mal selbst eine kleine Umfrage unter deinen Freundinnen oder in deiner Familie starten zum Thema „was das Leben lebenswert macht".

Ob jemand auch Gott oder Jesus ins Gespräch bringen wird? Wohl eher selten. Oder kennst du eine, die sagen würde: „Wenn ich es mir mal so richtig gut gehen lassen will, dann lese ich eine Stunde in der Bibel oder ich gehe zum Gottesdienst in die Kirche"? Viele Menschen sind eher skeptisch und meinen, das bringe ihnen doch nichts. Sie erwarten nichts von Gott und nichts vom Glauben und beschäftigen sich deshalb nicht damit. Eigentlich schade. Denn: Wer nichts wagt, der nichts gewinnt.

Zu gewinnen gibt es eine Menge bei Gott: Liebe und Wertschätzung, ein Leben mit Sinn, eine Gemeinschaft, die dir den Rücken stärkt.

Liebe und Wertschätzung

Eine, die viel kann und leistet, ist angesehen in unserer Gesellschaft. Eine, die Erfolg hat, wird geliebt und geschätzt, manchmal beneidet. Wir werden an den Erfolgreichen gemessen und vergleichen uns selbst mit ihnen. Dabei setzen wir uns unter Druck, ebenso erfolgreich oder schön oder beliebt wie andere zu sein. Und wenn das nicht klappt, sind wir unzufrieden mit uns selbst. Vielleicht kennst du das, du schaust in den Spiegel und kannst dich gar nicht leiden. Alle anderen scheinen so viel schöner, besser, begabter, anerkannter zu sein.

Aber Gott liebt dich so, wie du bist. Er liebt dich und schätzt dich unendlich viel wert um deiner selbst willen. Er freut sich mit dir, wenn du deine Begabungen einsetzt und gut vorankommst. Aber das, was du für ihn bedeutest, hängt nicht von deinen Erfolgen ab und nicht von deinen Niederlagen. Er sagt zu dir: Ich habe dich gewollt und ins Leben gerufen und will dich immer noch, so wie du bist. Du bist geliebt – mit deinen Begabungen, mit deinen Fehlern und Schwächen. Du bist wertvoll, weil ich dich liebe.

Jesus hat uns diese Liebe Gottes nahegebracht. Er hat von ihr in seinen Geschichten und Gleichnissen erzählt (Lukas 15,11-32: Das Gleichnis vom verlorenen Sohn). Er hat diese Liebe gelebt, als er Menschen, die wenig beachtet oder auch wenig geachtet wurden, in seine Gemeinschaft holte. Er redete mit ihnen und setzte sich mit ihnen an einen Tisch (z. B. mit Levi, Markus 2,13-17).

Ein Leben mit Sinn

Heute stehen uns Mädchen und Frauen sehr viele Möglichkeiten offen, was wir in unserem Leben alles machen möchten. Das ist schön und verwirrend zugleich. Frau hat die Qual der Wahl.

Vielleicht fragst du dich, woran du dich orientieren kannst. Was die Eltern sagen, ist gut und schön. Aber du willst deinen eigenen Weg finden. Und manche Freundinnen oder Bekannte wollen alles ausprobieren. Das ist dir dann vielleicht doch zu viel. Sie lassen keine Party, keinen Jungen, keinen Trend, keinen Drink aus. Sie sind immer auf der Suche nach dem ultimativen Kick. Die Angst, etwas zu verpassen, ist groß. Kennst du auch das Gefühl, dass das Leben an dir vorbeizieht und du außen vor stehst? Du fragst dich, was das alles soll und wozu du überhaupt auf der Welt bist.

Gott hilft uns, in die richtige Richtung zu gehen. Diese Richtung, die wir in der Bibel nachlesen können, heißt kurz gefasst: Liebe Gott und deinen Nächsten wie dich selbst (vgl. Markus 12,29-31). Dein Nächster sind Menschen um dich herum. Menschen, die dir täglich begegnen, der Mensch, der dich braucht (vgl. die Geschichte vom barmherzigen Samariter, Lukas 10,25-37).

Das ist das Erstaunliche beim Leben mit Gott: Du spürst, ich werde gebraucht. Gott braucht und will gerade dich, um seine Liebe in der Welt sichtbar zu machen. Dazu kannst du all deine Fähigkeiten und Begabungen einsetzen. Das ist eine Aufgabe, die dein Leben füllt und reich macht. Liebe Gott und deinen Nächsten wie dich selbst.

Eine Gemeinschaft, die dir den Rücken stärkt

Wer sich gemeinsam mit Jesus auf den Weg zu einem Leben mit Gott macht, der wird in eine Gemeinschaft gestellt, die stark macht. Viele sind auf diesem Weg unterwegs. Schon Jesus ist nicht allein durch die Lande gezogen, sondern hat Jüngerinnen und Jünger um sich geschart. Unter den etwa 6 Milliarden Menschen auf der Erde gibt es zurzeit ca. 2 Milliarden Christen.

In einer christlichen Gemeinschaft machen und denken nicht alle dasselbe, manchmal wird auch gestritten und trotzdem gehören wir in Jesus Christus zusammen. Wir leben von seiner Liebe und wissen, dass immer wieder ein neuer Anfang möglich ist – auch wenn wir Fehler machen.

Wenn du schon einmal auf einer christlichen Jugendfreizeit warst, dann kennst du bestimmt das Gänsehautgemeinschaftsgefühl. So mittendrin und ganz dabei, tolle Erlebnisse mit alten und neuen Freundinnen und Freunden, gute Gespräche mit Tiefgang über Gott und die Welt und das Leben. Ein Gefühl von Gemeinschaft, das stark macht.

Doch wenn ein Highlight wie eine Freizeit oder ein Jugendgottesdienst vorbei ist und der Alltag wartet, dann verliert sich das Gemeinschaftsgefühl oft wieder.

Am besten suchst du dir eine Jugendgruppe, einen Treff, eine Band oder einen Chor, wo du christliche Gemeinschaft hautnah erfahren kannst. Frag doch mal in deiner Kirchengemeinde nach, im Pfarrbüro oder gleich bei deinem Pfarrer oder deiner Pfarrerin.

In guter Gemeinschaft lassen sich nicht nur Feste und Freudentage besser feiern, sondern auch Durststrecken leichter durchstehen. Nicht immer ist unser Glaube an Gott stark und sicher. Manchmal geht er im Alltag einfach unter, manchmal sind die Zweifel groß. Dann brauchen wir eine Gemeinschaft, die uns auffängt und uns den Rücken stärkt. Das ist echte christliche Gemeinschaft: Menschen, die aneinander denken und füreinander da sind, wie Jesus Christus an uns denkt und für uns da ist.

Glaube an Gott ist für mich …

… schwierig, liegt daran, dass ich die Bibel nicht richtig verstehe.
… sehr wichtig, denn die Sicherheit, zu wissen, dass Gott immer da ist, ist für mich eine unglaubliche Erleichterung.
… Ansichtssache …
… sehr schön, man kann ihm alles anvertrauen und danach geht es einem viel besser.
… eine Unterstützung in allen Lebenslagen.

Gott hat Jesus Christus zu uns geschickt, um uns ganz nah zu sein. Jesus bringt uns Gott nahe. Die Worte und Geschichten von und um Jesus können wir in der Bibel nachlesen. Er ist der Weg, auf dem Gott zu uns kommt und auf dem wir zu Gott kommen. Wenn wir uns an Jesus Christus halten, sind wir mit Gott verbunden.

Du kannst mit Gott im Gebet reden, ihm deine Hoffnungen, deinen Glauben, deine Zweifel sagen. Trau dich! Du weißt ja: Wer nichts wagt, der nichts gewinnt. Und es gibt eine Menge zu gewinnen …!

Sabine Schneider-Wagner

Talentschuppen Gemeinde!?

Jeder will dein ehrenamtliches Engagement! Warum also solltest du dich ausgerechnet in die Gemeinde einbringen? Das ist eine berechtigte Frage. Ich will versuchen, dir darauf eine Antwort zu geben.

Einbringen – weil es sich lohnt!

Warum lohnt es sich, seine Gaben in der Gemeinde einzubringen?

Anders als bei Vereinen (z. B. einem Sportverein, wo die sportlichen Aktivitäten im Vordergrund stehen) geht es in der Gemeinde nicht nur um eine Sache. Es geht um weit mehr als um Sport. Es geht um dich als Person, um Berufung, um Leidenschaft. Es geht darum, was wirklich Sinn macht, es geht um Gott und die Welt. Es geht um Beziehungen und wo meine Sehnsucht nach Leben gestillt werden kann.

> Gemeinden wollen mehr als unterhalten, sie wollen Raum bieten für Fragen, auf die du sonst nirgends Antworten finden wirst als bei Jesus und den Menschen, die ihn kennen.

Die Gemeinde bietet innerhalb einer Gemeinschaft ein großes Spektrum an Möglichkeiten, um sich einzubringen, aber dort kannst du auch mal ganz einfach die Seele baumeln lassen.

Einbringen – was denn?

Was kann ich in die Gemeinde einbringen?

Du kannst dich als Person mit deinen Gedanken, Gefühlen, Ideen und Gaben einbringen. Jeder Mensch ist von Gott mit bestimmten Gaben und Fähigkeiten ausgestattet worden. Er schickt seine Leute nicht ohne Ausrüstung in die Welt. Er begabt uns. Gaben sind Eigenschaften und Talente, Dinge, die du besonders gut kannst und dich nicht viel Mühe kosten. Vielleicht bist du musikalisch, kreativ oder kannst gut vor Leuten stehen.

In Matthäus 25,14-40 wird von einem Mann erzählt, der seinen drei Dienern sein gesamtes Vermögen anvertraut. Alle bekommen unterschiedlich viel, aber jeder bekommt eine unvorstellbar große Summe (Talente = frühere Währung). Die ersten beiden setzen ihre Talente ein und sie gewinnen dazu. Der dritte denkt: „Gott ist unfair. Die anderen haben viel mehr bekommen als ich." Er vergräbt sein Talent. Als der Mann zurückkommt, fordert er Rechenschaft, was sie aus den ihnen anvertrauten Talenten gemacht haben. Die ersten beiden werden gelobt: „Recht so." Der dritte sagt: „Ich wusste, dass du ein harter Mann bist. Du bist knauserig, aber du willst viel sehen!" Der Mann antwortet ihm: „Du wirfst mir vor, ich sei ungerecht? Ich verlange von dir Dinge, die ich dir nicht gegeben habe?"

Mit dem Mann in dem Gleichnis ist Gott gemeint und die Diener versinnbildlichen uns Menschen. Gott hat uns alle mit Gaben gesegnet. Aber oft ist es wie in dem Gleichnis, wir trauen es uns nicht so richtig zu oder denken: „Die Angie kann noch besser Theater spielen als ich." Oder: „Die Maja hat immer die besseren Beispiele in ihrer Andacht." Dabei steckt das Potenzial schon in dir.

Es ist wie mit dem „Adler, der nicht fliegen wollte“, wie James Eggrey in einer Geschichte erzählt. Ein Mann kommt bei einem Bauern vorbei und entdeckt unter den Hühnern einen Adler. Der Mann fragt den Bauern, was der Adler bei den Hühnern mache. Der Bauer lacht und sagt, dass dies kein Adler mehr sei: Er benimmt sich wie ein Huhn, er isst wie ein Huhn, er läuft wie ein Huhn. Der Mann jedoch meinte, dass er es dem Bauern beweisen werde, dass es eben doch noch ein Adler sei. So nahm er den Adler, setzte ihn auf seinen Arm und hob ihn in die Luft, aber der Adler flog nicht. Doch Tag für Tag versuchte er es erneut mit dem Adler. Beim vierten Versuch hob der Adler seine Flügel, flog ehrwürdig zum Himmel und kam nie mehr zurück.“[1]

So ist es auch bei uns, du hast das Potenzial in dir, Gott hat es in dich hineingelegt, aber fliegen musst du selbst.

Jede Gabe ist zugleich auch immer Aufgabe. Du sollst sie recht verwalten und deine Gaben in die Gemeinde einbringen, um anderen damit zu dienen. Das bedeutet auch, dass du die Aufgabe hast, deine Gaben zu fördern. Lass sie nicht einfach verkümmern wie der dritte Mann aus dem Gleichnis. Tu nicht so, als hättest du nichts von Gott geschenkt bekommen. Damit du dich leidenschaftlich in die Gemeinde einbringen kannst, solltest du wissen, was du besonders gerne und gut kannst. Da stellt sich die Frage: „Wie kannst du deine Gaben überhaupt entdecken?“

[1] Nach James Eggrey aus „Der Adler, der nicht fliegen wollte“.

Einbringen – wenn ich nur wüsste, was!

Wie entdecke ich meine Gaben?

Eine Kirchengemeinde oder ein bezirksweites Jugendwerk bieten dir eine große Vielfalt an Möglichkeiten und Chancen, wie du deine Gaben entdecken kannst. Viele verschiedene Angebote wie Teen Dance, Ten Sing (Chorprojekt), kontinuierliche Gruppenarbeit, Jugendgottesdienste, Christbaumaktion, Lebendiger Adventskalender, evangelistische Projekte eröffnen dir Möglichkeiten, dich auszuprobieren, sowohl als Teilnehmerin als auch als Mitarbeiterin.

Dann wirst du schnell spüren, ob dir deine Mitarbeit Freude macht, ob in dir etwas freigesetzt wird und plötzlich zum Leben erwacht. Oft schon habe ich erlebt, dass Jugendliche – wenn sie ihren Gaben entsprechend eingesetzt waren – geradezu über sich hinausgewachsen sind und leidenschaftlich ihre Stärken und Talente lebten. Was für sie vor wenigen Wochen noch unmöglich schien, wird real, weil Menschen an sie glaubten und ihnen zutrauten, dass sie es können! Gemeinden bieten dir Raum, um deine eigenen Gaben zu erkennen und zu trainieren. Das wird dein Selbstbewusstsein stärken und somit deine Persönlichkeit formen, weil du weißt, was du kannst.

Praktische Tipps und Möglichkeiten, um sich einzubringen:
www.ejwue.de (Arbeitsbereiche: Ten Sing, Teen Dance, Beweg was, Mädchenarbeit – Char(i)ty – Aktion)
www.girlsparade.de
www.churchnight.de
www.lebendiger-adventskalender.de
www.cvjm-ellmendingen.de
(Veranstaltungsarchiv: Baumhausprojekt)

Daniela Büchert

Kleiner Bibel-Fitness-Test

1. **Gott ist**
   a) ein Geist.
   b) in der Natur.
   c) der Vater.

2. **Jesus ist**
   a) der Sohn.
   b) ein toller Mensch.
   c) ein Prophet.

3. **Der heilige Geist ist**
   a) eine Erfindung der Kirchenväter.
   b) eine besondere Religionsrichtung.
   c) der Tröster, den Jesus uns versprochen hat.

4. **Ostern ist**
   a) ein Fest mit Schokohasen und bunten Eiern.
   b) ein Freudenfest, weil Jesus auferstand.
   c) ein Fest, das schon die Juden feierten, weil es Frühling wurde.

5. **An Pfingsten feiern wir**
   a) keine Ahnung
   b) die Geburt von Jesus.
   c) dass der Heilige Geist auf die Jünger kam.

6. **Jesus hatte**
   a) 12 Jünger.
   b) 8 Jünger.
   c) 12 Diener.

7. **Wo wurde Jesus geboren?**
   a) in Jerusalem
   b) in Bethlehem
   c) in Jericho

8. **Was passierte Saulus vor Damaskus?**
   a) Er fiel von seinem Pferd, weil er eingeschlafen war.
   b) Er begegnete dem auferstandenen Jesus.
   c) Er kämpfte mit Aufständischen.

9. **Abraham hatte**
   a) 9 Kinder.
   b) 1 Sohn und 2 Töchter.
   c) 2 Söhne.

10. **Jona ging bei einem Sturm über Bord und überlebte,**
    a) weil ihn ein Wal verschluckte und später an Land spuckte.
    b) weil er sich an ein Stück Treibholz geklammert hat.
    c) weil er von Fischern aus dem Meer gefischt wurde.

11. **Der Regenbogen ist ein Zeichen,**
    a) dass Gott einen Bund mit den Menschen schloss, keine Sintflut mehr kommen zu lassen.
    b) dass die Natur prachtvolle Farbspiele zustande bringt.
    c) dass wir mit der Natur in Einklang leben sollen.

12. **An Himmelfahrt feiern wir**
    a) Vatertag.
    b) dass wir alle mal in den Himmel kommen werden.
    c) dass Jesus zu seinem Vater im Himmel zurückkehrte.

Lösungen: 1c, 2a, 3c, 4b, 5c, 6a, 7b, 8b, 9c, 10a, 11a, 12c

Bibellesen ist nicht schwer ...?!

6.30 Uhr – der Wecker klingelt. Ich realisiere das allerdings erst 15 Minuten später. Jetzt aber schnell duschen, in die Klamotten stürzen und loslaufen, sonst komme ich zu spät! Zu dumm, dass es mir mal wieder nicht reicht, die Bibel aufzuschlagen...

Bevor sich jetzt das schlechte Gewissen meldet, habe ich eine gute Nachricht:
Jesus macht seine Liebe zu uns nicht davon abhängig, wie oft und wie lange wir in der Bibel lesen. Wir können uns damit keine Bonuspunkte im Himmel dazuverdienen.

Ich würde dir gerne ein paar Fragen zum Bibellesen stellen:

Was erwartest du von Gott, wenn du die Bibel aufschlägst?

Hast du eine konkrete Frage oder willst du ermutigt werden? Zweifellos: Gott spricht durch die Bibel zu uns. Manchmal passt ein Vers ganz genau in unsere Situation – manchmal auch nicht.

Wenn du einen Liebesbrief liest, welche Erwartung hast du dann?

Und wenn du ein Geschichtsbuch vor dir hast, sieht deine Haltung dann anders aus?

Die Bibel ist beides! Sie ist ein Liebesbrief von Gott an uns Menschen. Sie enthält außerdem einen Brief mit Anweisungen von Paulus an Timotheus, eine Sammlung alter Lobpreislieder, einen Bericht über die Zeit der Sklaverei und noch viel mehr.

Gott kann (und will!) durch diese Berichte zu dir ganz persönlich sprechen. Wenn du in der Bibel liest, dann mache dir bewusst, für wen und in welcher Zeit dieser Text geschrieben wurde. Was für ein Grundsatz steckt dahinter? Und wie kannst du das auf unsere Zeit übertragen? Wenn du diese Fragen beantwortest, erkennst du, was Gott dir sagen will.

Nur schade, dass diese Aussicht alleine oft nicht hilft, den Allerwertesten hochzubekommen und jeden Tag ein intensives, gewinnbringendes Bibelstudium zu erleben … Frustriert aufzugeben ist aber auch keine Lösung. Deswegen habe ich ein paar Tipps gesammelt. Die meisten davon habe ich selbst ausprobiert – mit mehr oder weniger Erfolg ☺.

Damit sind wir auch schon beim ersten Punkt: Abwechslung! Wahrscheinlich ist hier kein Tipp dabei, der dir für den Rest des Lebens hilft, jeden Morgen um 6.30 Uhr die Bibel aufzuschlagen. Aber vielleicht hilft dir ein Tipp für zwei Wochen, ein anderer immer mal wieder und ein dritter erst in zwei Jahren. Also: Probiere öfter mal was Neues aus!

– **Wähle eine aktuelle Bibelübersetzung.**

  Mit einer Übersetzung aus dem 18. Jahrhundert können die wenigsten Menschen heute noch etwas anfangen: Wir verstehen sie einfach nicht. Ideal sind daher aktuelle Bibeln wie z. B. die „Gute Nachricht Bibel“ und die „Hoffnung für alle“ oder „Neues Leben Bibel“.

– **Nutze unterschiedliche Bibeln.**

  Probiere einmal eine Bibel in deinem Dialekt aus. Oder vergleiche deine Bibelübersetzung mit einer anderen. Das geht auch online: www.bibelserver.de

– **Lies immer zu einer festen Zeit.**

Bibellesen wird so zu einem täglichen Bestandteil deines Lebens. Es wird normal, im positiven Sinn Routine.

– **Probiere unterschiedliche Zeiten aus.**

Ja, das ist das Gegenteil vom vorherigen Punkt – absichtlich! Denn Menschen sind verschieden. Die einen brauchen Routine, die anderen Abwechslung. Und vielleicht hast du auch noch nicht „deine" Zeit gefunden. Was bringt's, morgens in der Bibel zu lesen, wenn dir dabei die Augen zufallen? Dann vielleicht lieber, wenn du von der Schule heimkommst oder vor dem Abendessen ...

– **Verabrede dich.**

Sich selbst kann man gut überlisten: Ich bin gerade zu müde, habe Kopfschmerzen ... Da kann es helfen, wenn du dich mit einem Freund/einer Freundin verabredest. Lest gemeinsam in der Bibel oder macht eine Zeit aus, zu der jeder für sich Zeit mit Gott verbringt. Ihr könnt euch davor anrufen und hinterher erzählen, wie's war. Geht übrigens auch ganz prima über Chat, icq und Co.

– **Suche dir einen passenden Ort.**

Das Wichtigste dabei ist, dass du dich konzentrieren kannst. Bei manchen klappt das im Fast-Food-Restaurant, andere brauchen die Natur oder eine verschlossene Zimmertür.

- **Marathonlesen oder Körnchen picken.**

  Manchmal ist es total spannend, über einen Vers nachzudenken, ihn zu vergleichen, noch mal lesen. Bei anderen Bibelstellen oder an anderen Tagen ist es viel interessanter, ein oder zwei Kapitel am Stück zu lesen. Wusstest du zum Beispiel, dass du keine halbe Stunde brauchst, um den Philipperbrief komplett zu lesen?

- **Verwende „Bibelzusätze".**

  Baden in klarem Wasser ist zwar ganz nett, aber viel mehr Spaß macht es, wenn uns so richtig viel Schaum beim Entspannen hilft. So ähnlich ist es mit der Bibel: Sie allein genügt, zweifellos. Aber es gibt Hilfsmittel, die dem Ganzen mehr „Duft" verleihen. Das können Bibellesepläne sein, die dir die Entscheidung abnehmen, was du heute lesen könntest. Oder ein Tagebuch, in dem du aufschreibst, was dich beim Bibellesen bewegt hat. Manche nutzen auch Bibellesezeitschriften oder Hilfen, die schwierige Textstellen erklären. Kombinieren und abwechseln ist natürlich erlaubt ☺.

- **Durchbeißen und Pause machen.**

  Beides kann wichtig sein: Dem inneren Schweinehund muss man manchmal eins auswischen und ihm zeigen, dass es geht, morgens früh die Bibel aufzuschlagen. Aber bevor alles nur noch Kampf und Krampf ist, hilft es vielleicht auch, eine Pause einzulegen. Nicht eine Pause mit Gott, sondern eine Bibelpause. Das ist ein gewagter Vorschlag, der immer das Ziel haben muss, wieder Spaß am Bibellesen zu bekommen. Mir hat das schon geholfen, nach ein paar Tagen mit mehr Power und Motivation weiterzulesen.

Um Gott kennenzulernen und im Glauben zu wachsen, ist es wichtig, in der Bibel zu lesen. Der Zweck ist dabei aber nicht, möglichst viel Wissen anzuhäufen.

Es geht um eine kostbare Beziehung: Gott möchte sich mit dir treffen. Nicht: Buch auf, lesen, Buch zu, sondern tiefe Gemeinschaft ist der Sinn davon.

Daher gehören zum Bibellesen auch Gebet, Musik, Malen für Gott und andere kreative Ausdrücke dieser speziellen Freundschaft. Wie du deine Beziehung zu Gott sonst noch pflegst, ist deine Sache. Aber ich bin überzeugt, dass Gott sich über deine ganz persönliche Art freut!

Karin Goll

All you need is love

Freundschaft, Liebe und noch mehr

Freundschaft …

„Freundschaft zwischen Jungen und Mädchen gibt es nicht", warnte mich meine Mutter. „Die Liebe zwischen Mann und Frau gleicht dem Weg des Mondes am Himmel, entweder nimmt sie zu oder ab."

Ich weiß nicht, welche Erfahrungen du schon im Laufe deines Lebens mit Jungs gemacht hast. Glaubst du auch noch, dass es tiefe Gemeinschaft mit Jungs gibt, ohne dass es irgendwann doch in Verliebtsein und sexuelle Liebe mündet? Ich dachte, dass meine Mutter Unrecht hätte, und habe immer wieder die Freundschaft zu Jungs gesucht, mit ihnen Beziehung gebaut, gemeinsam für Arbeiten gelernt oder mich mit ihnen ausgetauscht. Solange man in einer Clique ist oder zu mehreren etwas unternimmt, ist das auch kein Problem. Man genießt die Zeit des Austausches, die gemeinsamen Unternehmungen und die Feiern der Geburtstage. Persönlich habe ich erlebt, dass es so lange gut geht, bis die Treffen zu zweit zunehmen. Danach wurde entweder bei dem Jungen oder bei mir über kurz oder lang die Zuneigung größer. Also sei wachsam!

Freundschaft ist etwas sehr Kostbares, auch zwischen Jungen und Mädchen, aber sei ehrlich mit dir und dem anderen.

Verliebtsein …

Manchmal kommt auf einmal eine neue Dimension von Liebe hinzu, das Verliebtsein. Dieses Flügel verleihende Gefühl, das man am liebsten für immer erleben möchte. Man verliert die Bodenhaftung und befindet sich in einer anderen Welt, einer Welt ohne Verletzungen, Trauer und Tränen. In Gedanken reitet man mit dem Angehimmelten aus, obwohl er noch nie auf einem Pferderücken gesessen hat. Du glaubst, dass der andere dich nie verletzen und dass eure Liebe nie aufhören wird. Wie schön, wenn beide das Gleiche erleben. Aber Verliebtsein kann auch einseitig sein. Du empfindest ganz viel für einen Jungen, versuchst, ständig in seiner Nähe zu sein, machst ihm immer wieder eine Freude, aber er scheint nichts zu merken. Ich glaube, dass es für Beziehungen besser ist, wenn du dich als Mädchen eher zurückhältst. Die meisten Jungen wollen Mädchen erobern und finden es sehr attraktiv, wenn Mädchen zunächst kein Interesse zeigen.

Zeige dein Verliebtsein nicht so offenkundig, sonst wirst du leicht zum Spielball der anderen, die dich durch Hänseleien und Verkupplungsstrategien verletzen.

Verliebtsein ist ein Gefühl, das flüchtiger Natur ist. Spätestens wenn du den anderen näher kennenlernst, wird dir die rosarote Brille herunterfallen und du wirst auch die kleinen und großen Macken am anderen erkennen.

Selbstlose Liebe …

Dann wird sich herausstellen, ob sich schon eine neue Art von Liebe entwickelt hat, die selbstlose Liebe, die das Fundament für eine Beziehung bilden sollte. In dem Wort selbstlose Liebe steckt die Erklärung: los von mir selbst. Eine Liebe, so wie sie in 1. *Korinther 13,4 ff.* beschrieben wird: *Die Liebe ist geduldig und freundlich. Sie ist nicht neidisch oder überheblich, stolz oder anstößig. Die Liebe ist nicht selbstsüchtig. Sie lässt sich nicht reizen, und wenn man ihr Böses tut, trägt sie es nicht nach. Sie freut sich niemals über Ungerechtigkeit, sondern sie freut sich immer an der Wahrheit. Die Liebe erträgt alles, verliert nie den Glauben, bewahrt stets die Hoffnung und bleibt bestehen, was auch geschieht.*“

Kannst du vergeben, wenn der andere nicht zu einer Verabredung gekommen ist, das versprochene Telefonat nicht stattfand oder er dich im Streit verletzt hat? Wie reagierst du, wenn das gemeinsame Schwimmengehen ausfallen muss, weil er wider Erwarten arbeiten muss, seine Oma Geburtstag hat – und er es vergessen hat – oder er krank wird? In solchen Fällen braucht der andere deine bedingungslose Liebe, deine Bereitschaft zu vergeben, dein Verständnis und dein Mittragen. Ist der andere dir so wichtig, dass du Phasen des Verzichts durchhältst, wenn der andere eine Sprachreise ins Ausland macht, ein Praktikum in einer anderen Stadt absolviert oder eine längere Lernzeit braucht? Ohne diese Qualität von Liebe wird eine Beziehung nicht auf Dauer bestehen können.

Sexuelle Liebe …

„Männer sind auch Menschen“, stellte meine Oma in den Raum. „Behandele sie auch so.“

Manchmal höre ich junge Mädchen sagen: „Ich will es nur einmal ausprobieren.“ „Wie viele Jungs hast du schon geküsst?“ „Sollen wir Guido mal mit Sara verkuppeln?“

Scheinbar muss man jungen Mädchen den Satz meiner Oma ins Gedächtnis rufen, wenn sie Jungs benutzen, um Erfahrungen zu sammeln.

Ich bitte dich: Behandle Jungs so, wie du gerne behandelt werden willst. Biblisch ausgedrückt *(Galater 6,7): „Was ein Mensch sät, wird er auch ernten.“* Möchtest du ausprobiert werden? Oder willst du als Anne, Clara, Simone gesehen, respektiert und geliebt werden? Pass auf dich auf, du bist nicht unverletzbar. Mit Sex spielt man nicht. Die sexuelle Liebe ist uns als Geschenk für die Ehe gegeben, damit unsere Ehen Stabilität haben. Wenn ich mit jemand schlafe, entsteht eine starke Bindung an den anderen, die gottgewollt ist, damit Mann und Frau zusammenbleiben können. Wenn ich mit vielen verschiedenen Menschen schlafe, wird diese Bindungsfähigkeit immer schwächer.

Heb dich für den Mann auf,
an den du gebunden sein willst.

Ob Sexualität als schön und nicht nur befriedigend erlebt wird, hängt nicht zuerst von richtigen Techniken ab, sondern von der gegenseitigen Hingabe und Liebe, die besonders die Freude des anderen im Blick hat.

Sei deinem zukünftigen Ehepartner jetzt schon treu,
bevor du ihn kennenlernst.

Denke auch daran, dass bei jedem Geschlechtsverkehr ein Kind entstehen kann. Deshalb sollte man nur mit einem Mann eins werden, den man sich auch als Vater des Kindes vorstellen kann. In den Medien wird oft nur die Seite der lustorientierten Sexualität dargestellt und dabei werden die Nebenwirkungen als Rückseite der Medaille, wie Verletzungen, Geschlechtskrankheiten, ungewollte

Schwangerschaft mit den möglichen Folgen der Abtreibung, außer Acht gelassen.

Sei es dir und deinem zukünftigen Mann wert, dich aufzuheben. Du bist nicht altmodisch oder unnormal, wenn du dich aufhebst, sondern du tust alles, damit deine Ehe einmal gelingen wird.

Buchtipp: Ute+Daniel Horn: Baustelle Erste Liebe für Teens (Hänssler Verlag)

Ute Horn

Silver Ring Thing

Liebe, Sex und Zärtlichkeit – darüber gibt's einiges zu reden.

Caroline erzählt, dass sie mit 16 Jahren zum ersten Mal mit ihrem Freund geschlafen hat. Sie war bereits Christ, wusste, dass es nicht in Gottes Sinn war. – Aber sie war sich in ihrer Meinung nicht so sicher, war noch leicht zu beeinflussen. Es sei sehr schwer gewesen, anders zu leben, wenn man in der Schule immer wieder gefragt wird, ob man noch nicht mit seinem Freund geschlafen hätte…

„Es ist schwer, anders zu leben", wenn Mitschüler, Freundinnen oder Gleichaltrige einen für dämlich halten, weil man nicht mit dem Freund ins Bett geht.

Es ist schwer, mit Sex zu warten, bis man älter ist, bis man die Schule beendet hat, bis die Ausbildung abgeschlossen ist und bis man heiraten kann. Laut einer aktuellen Studie sagen acht von zehn Mädchen und sechs von zehn Jungen, sie wünschten, sie hätten mit ihrer sexuellen Aktivität gewartet, bis sie älter gewesen sind.

Niemand behauptet, es sei leicht, auf den richtigen Zeitpunkt zu warten. In Amerika gibt es eine Aktion, die Teenagern beim Warten helfen kann.

Silver Ring Thing

Gegründet wurde diese Aktion von dem amerikanischen Pfarrer Danny Pattyn. Er war sehr bestürzt, als er in der Statistik seiner Heimatstadt las, wie viele junge Mädchen unehelich ein Kind bekamen.

Er wusste, wie schwer es den jungen Leuten fiel, zu warten und nicht miteinander zu schlafen, bevor es zu einem gemeinsamen Leben und einer Ehe kommen kann. Deshalb kam es zu seiner *Idee mit dem Ring.*

Schon immer ist der Ring das Symbol der endlosen Liebe (er hat keinen Anfang und kein Ende) und des Versprechens der Treue und Zugehörigkeit. Schon immer weiß der Empfänger eines Ringes um die Botschaft: Mit diesem Ring gehöre ich für immer zu dir.

Für jeden, der es sieht, ist es offensichtlich: Hier gehören zwei zueinander.

Pfarrer Pattyn entwickelte ein *Programm.* Junge Leute, die sich vornehmen, mit dem Sex bis zur Ehe zu warten, sollten einen Ring erhalten, der besagt: Diesen Ring trage ich so lange, bis ich von meinem künftigen Partner einen Ring erhalte. Ich bin meinem Zukünftigen jetzt schon treu.

Wie so manche Ideen in Amerika wurde auch diese stark verbreitet, groß vermarktet und in manchen christlichen

Gemeinden wird *Silver Ring Thing* als ein großes Event gefeiert.

Wie auch immer die Aktion zu bewerten ist, für dich könnte es allemal eine Anregung oder Idee sein:

> Sich einen Ring kaufen oder schenken lassen als sichtbares Zeichen: Ich will warten.
>
> Ich achte mich als kostbar und wertvoll. Das Geschenk meiner Liebe und meiner körperlichen Zuwendung schenke ich erst dem einen, der mich achtet, der es wert ist und dem ich auf Dauer verbunden sein möchte. Der Ring kann mich stets daran erinnern.

Es gibt auch Väter, die ihrer Tochter einen schönen Ring kaufen und schenken. Damit wollen sie sagen: Jetzt bin ich noch der wichtigste Mann in deinem Leben. Der Ring soll dir jederzeit sagen: Als dein Vater habe ich dich unglaublich lieb. Wenn dann die Zeit dafür reif ist, darf ein anderer Mann (der, der dich liebt und den du liebst) meinen Ring abnehmen und dir seinen Ring schenken.

> *Silver Ring Thing:* Vielleicht erzählst du deinem Vater/deinen Eltern von der Ring-Aktion. Übrigens ist es spannend, deine Eltern zu einem passenden Zeitpunkt zu fragen: Wie habt ihr das damals mit dem Warten gemacht?

Angelika Rühle

Wie ticken Jungs?

Jungs sind super! Das mal vorneweg. Vielleicht denkst du jetzt, ich spinne, weil du gerade mächtig Stress mit den Jungs aus deiner Klasse hast oder dein Bruder dich furchtbar aufregt. Aber glaub mir, Jungs sind ganz in Ordnung, auch wenn sie nicht immer genau das machen, was du willst.

Denn Jungs ticken anders als Mädchen. So wie bei euch Mädchen natürlich alle ganz unterschiedlich sind, ticken wir Jungs auch verschieden.

Die einen sind eher ruhiger, andere lieben es laut, manche sind witzig, andere verstehen gar keinen Spaß. Trotz dieser Unterschiedlichkeit gibt es ein paar Dinge, die uns Jungs vereinen, wo wir uns ähnlich sind.

Wir finden euch Mädchen toll

Manchmal können wir das nicht so gut zeigen, vielleicht weil wir unsicher sind und nicht wissen, was ihr über uns denkt, und manchmal auch, weil wir nicht genau wissen, wie wir uns Mädchen gegenüber verhalten sollen. Das macht uns ganz unsicher und wenn Jungs unsicher sind, verändert sich ihr Verhalten. Diese Verhaltensänderung zeigt sich bei jedem Jungen wieder unterschiedlich. Während manche sich mächtig ins Zeug legen, coole Sprüche reißen und den Mädchen imponieren wollen (stehst du auf so was?), bekommen andere fast gar kein Wort mehr raus und ziehen sich zurück. Sie wollen den Mädels auch gefallen, aber sie sind schüchtern und wenn dann die „lauten" Jungs kommen, räumen sie lieber das Feld. Was beide gemeinsam haben?

Sie wollen den Mädchen zeigen, dass sie sie toll finden, tun dies aber auf ganz unterschiedliche Weise. Du brauchst da ein bisschen Geduld und Fantasie, denn vielen Jungs fällt es schwer, den Mädchen direkt zu sagen, was sie denken, weil sie wiederum denken, dass die Mädchen nur auf das „Besondere" stehen.

Deshalb versuchen sie, sich immer in den Mittelpunkt zu stellen und besonders cool zu sein, um euch Mädchen zu imponieren. Na ja, zugegeben, es klappt nicht immer und ist manchmal auch peinlich. Aber meist geht es den Jungs darum, die Aufmerksamkeit von euch Mädchen zu bekommen.

Jungs wollen bewundert werden

Überhaupt, Jungs wollen gerne bewundert werden. Nichts tut Jungs mehr gut als ein Kompliment von einem Mädchen. Klar, das würden wir nicht so zugeben, aber hier unter uns kann ich das ja ruhig sagen.

Wenn du einem Jungen sagst, dass er toll Fußball spielen kann, coole Klamotten hat oder einen tollen Musikgeschmack, dann wird er das zwar als unwichtig abtun, aber er wird sich auch die ganze Nacht darüber freuen.

Jungs untereinander sind im „Komplimente-Machen" oft nicht so gut, umso mehr freuen sich Jungs darüber. Und ehrlich, dir geht es doch bestimmt ganz ähnlich, oder?

Jungs ist die Clique total wichtig

Apropos Jungs unter sich. Die Clique ist für Jungs total wichtig. Mit den Freunden der Clique hängt man ab, in der Schule und in der Freizeit, man unternimmt was und die

Anerkennung innerhalb der Clique ist für Jungs extrem von Bedeutung. Vielleicht hast du schon mal gedacht: „Der Marcel, der ist echt ein Süßer, aber wenn die anderen Jungs dabei sind, ist der ganz anders!“ Und das Komische daran ist: Du hast recht.

Jungs verändern sich in der Clique. Das kannst du jetzt gut oder schlecht finden, es ist einfach so, das gehört dazu und das wirst du auch so schnell nicht ändern (das verändert sich später automatisch).

Aber du kannst lernen, damit umzugehen.

Ein paar Tipps: Also, stelle Jungs nicht vor der ganzen Gruppe bloß. Beleidige sie nicht oder sage was Schlechtes, auch nicht im Spaß, in der Clique verstehen Jungs meistens keinen Spaß und aus einem Witz wird ganz leicht etwas Ernstes. Wenn du mit einem Jungen ernst reden willst, dann rede alleine mit ihm. Jungs haben in der Clique oft Angst, ganz ehrlich zu sein oder Schwächen zuzugeben oder zu sagen, dass sie bestimmte Mädchen toll finden, deshalb ist es besser, mit ihnen alleine darüber zu reden, da fühlen sich Jungs wesentlich sicherer. Und ein Letztes: Die Clique ist keine Konkurrenz zu euch Mädchen. Das sind zwei ganz unterschiedliche Welten und wir Jungs brauchen beides.

Jungs wollen entdeckt werden

Jungs sind also was Wunderbares und jeder Junge ist einmalig. Es lohnt sich für dich, herauszufinden, wie die Jungs in deiner Umgebung ticken. Wie unterschiedlich sie sich verhalten und was ihnen wichtig ist. Dabei brauchst du manchmal ein bisschen Geduld, da viele Jungs lieber ihre harte Schale als ihren weichen Kern zeigen und nach außen oft cooler tun, als sie in Wirklichkeit sind.

Aber es lohnt sich, auf Entdeckungsreise zu gehen. Ganz bestimmt.

Tobias Faix

Liebes Tagebuch

27. April

Liebes Tagebuch!

Es ist wirklich verrückt, aber ich glaube, ich hab eine neue Freundin, nur dass es diesmal kein Mädchen ist, sondern ein Junge. Wir kennen uns jetzt schon eine ganze Weile (sind ja schließlich in einer Klasse) und eigentlich fand ich ihn immer ziemlich doof. Aber heute haben wir uns nach der Schule sehr lange unterhalten (weil er auf einmal mitten in einer wilden Diskussion im Gemeinschaftsunterricht gesagt hat: Ich bin völlig einer Meinung mit Christine) – und herausgefunden, dass wir viele ähnliche Interessen haben. Er ist total interessiert an Politik – das bin ich auch, aber wie kann er nur Mitglied in dieser Partei sein! Und Musik und Bücher – wir haben über eine Stunde nach Schulschluss geredet und erst den Bus nach der 6. Stunde genommen.

2. Mai

Hallo Tagebuch!

Heute wieder viel Quatsch mit Jason gemacht. Ich wusste gar nicht, dass man mit Jungs so viel Spaß haben kann. Er ist überhaupt nicht oberflächlich, sondern macht sich viele Gedanken über die Welt, Gott, unsere Gesellschaft.

Aber als seine Freunde kamen, war er auf einmal ganz zugeknöpft – und hat dann noch einen ganz blöden Witz gemacht. Ob mir das mit einer Freundin auch passiert wäre?

Vielleicht meide ich ihn ein bisschen. Soll ich warten, bis er sich entschuldigt?

3. Mai

Liebes Tagebuch!

Jason hat sich nicht entschuldigt, aber in der Pause kam er und fragte, ob ich Lust hätte, bei einer Inlinertour mitzufahren. Er würde mit Fred und Marlon zum See fahren – und ich könnte gern mitkommen. Natürlich will ich. Ob ich Sylvia mitbringen könnte? War kein Problem. Jetzt freu ich mich riesig auf das Wochenende. Schade, dass Helge so unsportlich ist. Den finde ich nun wirklich total süß. Wenn er am Geländer steht, bekomme ich echt weiche Knie. Jason ist ja ganz gut mit ihm befreundet. Ob ich Jason mal über Helge ausfragen sollte?

15. Mai

Liebes Tagebuch!

Heute war Schule echt Mist! Die Mathearbeit war so schwer, dass ich hinterher erst mal geheult habe. Zum Glück war Sylvia da und hat mich getröstet. („Wozu braucht eine Frau wie ich später mal Mathe?" Ja, wozu?) Jason hat zwar auch kurz gefragt, aber meine roten Augen haben ihn wohl ein bisschen überfordert.

Heute Mittag gebe ich Nachhilfe bei Solveig. Habe keine Lust, aber das Geld stimmt.

PS: Der Ausflug mit den Inlinern war super! Es war super Stimmung und hat allen voll Spaß gemacht.

25. Mai

Liebes Tagebuch!

Interessante Gespräche in der großen Pause. Jason hat mir erzählt, in wen er verliebt ist und mich gefragt, wie ich sie finde. Sehr süß. Jason, meine ich. Er hat mir erzählt, wie sie ihm aufgefallen ist, und jetzt überlegt er, wie er sie am besten mal ansprechen könnte. Dass er mir das einfach so sagt. Es war aber auch kein anderer aus der Clique dabei. Irgendwann erzähle ich ihm vielleicht das mit Helge.

6. Juni

Liebes Tagebuch!

Es gibt einfach nichts Besseres, als eine beste Freundin zu haben. Außer man/frau hat noch einen guten Freund dazu!!!

Christine Faix

Thema Nr. 1: Jungs

Jungs – das Thema hat mich und meine Freundinnen in deinem Alter ständig beschäftigt.

Falls das bei dir nicht so ist, mach dir keine Sorgen, du bist keineswegs zu spät dran. Das hat wirklich noch Zeit und je mehr du dir Zeit lässt, umso besser.

Es ist sehr schön, einen Freund zu haben, mit dem man viel gemeinsam erlebt, Händchen hält und glücklich ist. Es gibt ein paar Dinge, die mir wichtig geworden sind bei der Suche nach dem Richtigen und die ich dir mit auf den Weg geben möchte:

Vor längerer Zeit habe ich einmal ein Buch darüber gelesen, wie wichtig und wertvoll die Zeit allein – ohne Freund – für dich selbst und auch für deine Beziehung zu Gott ist.

Ich musste lange darüber nachdenken, aber mir wurde klar, dass der Autor in vielen Punkten recht hat.

Eine feste Freundschaft nimmt sehr viel Zeit in Anspruch, weil man natürlich ständig mit der anderen Person zusammen sein möchte. Das ist nichts Falsches und auch völlig gut so, aber das nimmt *dir* die Zeit für dich. Wahrscheinlich bist du gerade zwischen 13 und 17 und so noch gar nicht fertig mit deiner persönlichen Entwicklung. Es gibt noch so viel, das du lernen kannst und wahrscheinlich auch noch erleben möchtest.

Jetzt solltest du eigentlich so viel Zeit wie möglich darin investieren, dich selbst besser kennenzulernen: Deine Stärken und Schwächen herauszufinden und daran zu arbeiten.

Vielleicht denkst du jetzt: „Hey, das ist doch völlig unnötig“ oder „wozu das denn?“

Du wirst erstaunt sein, wie wichtig es für eine gute Beziehung ist, dass man sich selbst kennt.

Entdecke zuerst, wer du selbst bist, und gewinne Vertrauen in deine Gaben und Fähigkeiten.

Einige Grundvoraussetzungen für eine feste Freundschaft kannst du auch jetzt schon üben und lernen! Sie sind unverzichtbar für dich und für den Jungen, mit dem du einmal eine Beziehung führen wirst.

○ *Ehrlichkeit* gegenüber dir selbst und deinen Freunden.
○ *Hilfsbereitschaft* in deiner Familie.
○ *Treue* zu Menschen, die dir etwas bedeuten.
○ *Verzeihen*, wenn dir jemand wehgetan hat.
○ *Akzeptieren* und *annehmen*, wenn jemand anders denkt.
○ …

Indem du dir Zeit lässt, lernst du Jungs zunächst einmal als ganz normale Kumpels kennen und betrachtest sie nicht sofort durch die rosarote Brille. Du lernst sie mit ihren Schwächen und Stärken kennen und zu schätzen.

Sogar für deine Beziehung zu Gott kann es hilfreich sein, wenn du jetzt noch keinen Freund hast oder dich zumindest deswegen nicht verrückt machst. Du kannst dich viel freier und stärker für ihn einsetzen und du hast mehr Zeit, um ihn besser kennenzulernen.

Eine Freundin sagt mir oft, wie gerne sie einen festen Freund hätte, aber ihr ist selbst klar, wie unmöglich es für sie im Moment noch ist. Sie müsste Hobbys aufgeben, um neben der Schule auch noch Zeit für ihn zu finden.

Sie wartet auf den richtigen Jungen und den richtigen Zeitpunkt. Ihr Vertrauen liegt bei Gott, weil sie weiß, dass er alles für ihr Leben geplant hat und ihren Wunsch nach einem Freund nicht vergisst.

Also mach dir keine Gedanken, selbst wenn alle Mädchen um dich herum nun einen Freund haben und du glaubst, etwas zu verpassen. Gott kennt deine Wünsche!

Nütze die Zeit, die du so gewinnst, für dich:

- Lern dich selbst besser kennen.
- Erfahre mehr über Jungs auf freundschaftlicher Basis.
- Bau deine Fähigkeiten und Hobbys aus.
- Unternimm viel mit deinen Freunden und deiner Familie: Das sind die Menschen, die immer zu dir stehen werden, auch wenn du einmal Liebeskummer hast.
- Du kannst jetzt schon für deinen zukünftigen Freund/Ehemann beten.

Eine weitere Hilfe für dich könnte sein, dir klarzumachen, was du von deinem Freund oder vielleicht auch späteren Ehemann eigentlich erwartest.

Erstell dir eine Liste von allen wichtigen, aber auch unwichtigen Punkten, die du dir an ihm wünschst.

(Aussehen, Charakter, Familie, Religion, Umgang mit anderen, ...)

So ist zum Beispiel auf meiner Liste ganz oben, dass mein Freund Christ ist. Auch in seinem Leben sollte Gott der Mittelpunkt sein. Weil das auch bei mir so ist.

Ich halte es für schwierig, mit jemandem zusammen zu sein, der den Glauben nicht mit mir teilt und das nicht versteht, was mir viel bedeutet.

Stell dir zwei Personen vor, die in einem Auto sitzen und unterschiedliche Ziele haben. Der eine will nach Süden und der andere in den Norden. Wohin geht die Fahrt? Das kann nicht funktionieren. Ich möchte mit meinem Freund ein gemeinsames Ziel haben.

Wenn du wirklich alles aufgeschrieben hast, ist deine Liste sicher auch sehr lang geworden.

Nun geht es ans Ordnen: Such dir die zehn wichtigsten Punkte heraus. Die wichtigsten Eigenschaften oder Dinge, auf die du in einer Freundschaft keinesfalls verzichten möchtest.

Schau dir das Blatt immer mal wieder an. So kannst du neue Punkte hinzufügen und Dinge streichen, die du vielleicht mittlerweile völlig unnötig findest.

Das kannst du als Richtlinie und Hilfe nehmen, wenn du dich einmal verliebt hast und kurz vor einer Beziehung stehst.

Mir hat es sehr geholfen, meinen eigenen Weg zu finden, und es hat mir auch viel Liebeskummer erspart, weil ich bei manchen Menschen sofort wusste, dass eine Beziehung leider unmöglich ist.

Mein Traumboy ...

... sollte aussehen wie Bastian Schweinsteiger, sollte nett sein und er sollte Kinder mögen.
... sollte mich zum Lachen bringen können und mich in meinen Plänen unterstützen.
... sollte toll aussehen, einen guten Charakter haben, kein Macho sein.
... sollte Tiere mögen und an Gott glauben.
... sollte zuverlässig sein.
... sollte nett, lieb, freundlich, verständnisvoll, romantisch, süß sein.
... bei seinem Anblick sollte mir das Herz anfangen zu hüpfen.

Und wenn du glaubst, den Richtigen gefunden zu haben, dann lass dir bitte nichts einreden, sondern freu dich. Eine Beziehung zu führen, ist nichts Schlechtes! Liebe ist ein tolles Geschenk von Gott.

Ich wünsche dir Gottes Segen und Vertrauen auf ihn für dein Leben und deine Beziehung.

Rebecca Rühle (17 Jahre)

Anhang

Hilfreiche Adressen

Wenn Du mal Kummer hast…

www.chris-sorgentelefon.de
Egal was is', ruf an bei Chris: 0180 1 20 10 20 (Montags bis freitags von 13.00–19.00 Uhr zum Ortstarif)

www.kinderundjugendtelefon.de
Nummer gegen Kummer: 0800 111 0 333

www.wildwasser.de
Auf **wildwasser.de** geht es um sexualisierte Gewalt, also sexuellen Missbrauch. **wildwasser.de** wendet sich vor allem an Mädchen und Frauen, die von sexuellem Missbrauch betroffen sind, aber auch an Freunde und Angehörige.

www.zartbitter.de
Kontakt- und Informationsstelle gegen sexuellen Missbrauch an Mädchen und Jungen

Wenn das Geld knapp wird…

www.schuelerjobs.de

Wenn Freiwilligkeit und Engagement keine Fremdwort sind…

www.mitmaachen-ehrensache.de
(auf Baden-Württemberg begrenzt)
www.girlsday.de
www.jugend-und-bildung.de

Evangelische Freiwilligendienste für junge Menschen
FSJ und DJiA gGmbH
Otto-Brenner-Str. 9
30 159 Hannover

Telefon FSJ: (0511) 4 50 00 83-30
Telefon DJiA: (0511) 4 50 00 83-40
Fax: (0511) 4 50 00 83-31
E-Mail:
fsj@ev-freiwilligendienste.de
E-Mail:
djia@ev-freiwilligendienste.de
Internet: www.fsj-web.org/
Internet: www.djia.de/

Autoreninfo

Vorab herzlichen Dank an alle, die uns bei diesem Buch mit ihren Beiträgen unterstützt haben! Ohne sie wäre dieses Buch nicht zu dem geworden, was es ist!

Eberhard Beulich, geb. 1969, verheiratet, fünf Kinder, Polizeihauptmeister im Polizeirevier Leonberg, Stammleiter/Christliche Pfadfinder Royal-Rangers.

Daniela Büchert, geb.1981, wohnhaft in Pleidelsheim, verheiratet, Jugendreferentin im Jugendwerk/CVJM, Bezirk Marbach.

Margarete Dennenmoser, geb. 1939, wohnt in Weingarten bei Ravensburg/Süddeutschland, Witwe, vier Kinder, zwölf Enkel, früher Realschullehrerin für Religion und Englisch, Autorin (auch unter dem Pseudonym Ursula Marc) und Referentin für Frauenthemen, Mitglied von Filia, Vorsitzende der Bewegung „Mütter beten" im deutschsprachigen Raum.

Désirée Dippenaar, geb. 1991 in Taiwan, 10. Klasse, Taipe European High School, Taipe, Taiwan, Interessen: längere Geschichten verfassen, Schmuck basteln.

Christine Faix, geb. 1969, verheiratet mit Tobias. Ihre Töchter heißen Aimée und Lilly. Zusammen leben sie in Marburg/L. Christine unterrichtet Englisch am Marburger Bibelseminar. Sie liebt gute Bücher, Jesus und Schokolade. Sie ist davon überzeugt, dass starke Mädchen und starke Frauen das sind, was Gott sich wünscht und die Welt braucht.

Tobias Faix ist promovierter Theologe und hat jahrelang als Jugendpastor mit Teens und Jugendlichen gearbeitet. Er ist verheiratet mit Christine und hat zwei süße Töchter (Aimée + Lilly). Er lebt in Marburg und arbeitet als Dozent am Marburger Bibelseminar.

Karin Goll, geb. 1977, verheiratet, ein Kind, wohnt in Hungen und arbeitet als Redakteurin bei CrossChannel.de.

Ute Horn, geb. 1954, seit 27 Jahren verheiratet mit Thomas, sieben Kinder, Ärztin, Seelsorgerin, Autorin mehrerer Bücher, lebt mit ihrer Familie in Krefeld.

Sarah Kersten, geb. 1986, Studium der Oecotrophologie an der Hochschule in Fulda, Interessen: Sport, kochen, backen, Pfadfinder (Royal Rangers), Musik.

Carolin Krämer, geb. 1989, 12. Klasse Wirtschaftsgymnasium, Interessen: die Schönheit der Natur entdecken, Indiaca spielen, Musik machen, Gemeindearbeit, Umgang mit Menschen.

Annika Lampmann, geb. 1983, ledig, Großraum Stuttgart, Studentin der Sozialen Arbeit/Diakonie, Mitarbeit bei Girls4God.de.

Rebecca Rühle, geb. 1989, 11. Klasse Gymnasium, Interessen: mit Freunden etwas unternehmen, Sport machen (Inliner, Volleyball, Ju-Jutsu), Engagement zeigen, Jugendgottesdienste organisieren, Chinesisch lernen und Schokolade essen.

Anja Schäfer, geb. 1973, wohnt mit ihrem Mann David in Essen, war teensmag- und ist jetzt dran-Chefredakteurin.

Sabine Schneider-Wagner, geb. 1970, Weil der Stadt, verheiratet, zwei Kinder, Pfarrerin z. A.

Andrea M. Trilby, geb. 1970, wohnhaft in Zürich, verheiratet mit Michael Trilby und Mutter von Jevon und Lucas, Diplom-Pädagogin, Theaterpädagogin und freischaffende Autorin.

Annekatrin Warnke, geb. 1962, ist Familienfrau, Referentin, Publizistin und Autorin. Sie lebt in Quickborn bei Hamburg und gehört zu einer FeG. Dort leitet sie u. a. die Theatergruppe der Teenager.

Beate Weingardt, geb. 1960, verheiratet, eine erwachsene Tochter, Pfarrerin und Dipl.-Psychologin, ist selbstständig tätig als Psychologische Beraterin, Referentin in der Erwachsenenbildung und Autorin.

Doro Wiebe ist 1980 geboren. Nach dem Abitur hat sie eine Ausbildung zur Radioredakteurin und sich dann selbstständig gemacht. Heute lebt sie in Mainz, arbeitet als Fernsehmoderatorin und Reporterin und hat mit „Das System“ ihren ersten Roman veröffentlicht (www.dorowiebe.de).

Die Statements in den Handygrafiken sind zusammengefragt von **Lara Rühle** (15 Jahre).

Es wirkten mit: *Laura* (15), *Sophie* (14), *Saskia* (14), *Lara* (15), *Larissa* (14), *Alessia* (14) und andere Mädchen.